非常动物

喀麦隆的动物世界

上海科学技术文献出版社

图书在版编目(CIP)数据

非常动物.喀麦隆的动物世界 / 北京大陆桥文化传媒
编译.上海:上海科学技术文献出版社,2006.8
(世界经典纪录片)
ISBN 7-5439-2914-7

Ⅰ.非...　Ⅱ.北...　Ⅲ.动物-普及读物
Ⅳ.Q95-49

中国版本图书馆CIP数据核字(2006)第043628号

策　　划:张　树　王元平
责任编辑:张　树
装帧设计:许　菲
文字作者:李晓涛

非常动物·喀麦隆的动物世界

北京大陆桥文化传媒　编译
出版发行:上海科学技术文献出版社
地　　址:上海市武康路2号
邮政编码:200031
经　　销:全国新华书店
印　　刷:上海崇明裕安印刷厂
开　　本:787×960　1/16
印　　张:13
字　　数:176 000
版　　次:2006年8月第1版　2006年8月第1次印刷
印　　数:1-7 000
书　　号:ISBN 7-5439-2914-7/S·173
定　　价:25.80元
http://www.sstlp.com

编者的话

如何将瞬间的历史凝固成永恒的记忆？如何让远古的文明随人类发展的足迹不断续写？我们的祖先早在宇宙的洪荒之初就已经开始探索记录历史的方法。从传说到文字，从史书到影片，再到运用多媒体技术手段，"记录"和"传承"的方式在不断改进，但对文化、历史、科学、文明的追求却从未动摇。北京大陆桥文化传媒作为国内最大的引进纪录片节目的提供商，在2001年度推出了本土化的纪录片《传奇》，因其绚丽的画面、动听的音效、有趣的故事和丰富的知识深受观众喜爱，收视率节节攀升。片中展示的自然、科学、人文、战争等体裁，风格鲜明，内容真实生动，精美、清晰的画面配以绘声绘色的解说，在寓教于乐之中传达出探询并传承人类文明的理念，历经四载树立起了北京大陆桥文化传媒之"传奇"的品牌文化。

《传奇》系列图书根植于经典的"传奇"纪录片，选取新颖独特的视角，以通俗流畅的文字、丰富的资料、精美的图片将历史的瞬间凝固下来，力求在保留原片惊心动魄的画面感的同时，传达更为广阔的知识和深厚的文化。图书要经得起读者反复阅读和把玩，掩卷后的思量才是我们出版这套丛书的真正价值。我们努力做到这一点以体现出《传奇》系列图书的意义所在——并非愉悦一时，而将受益终生！

经过4年的积淀，《传奇》系列图书以崭新的姿态展现于广大读者面前，上海科学技术文献出版社与北京大陆桥文化传媒全面合作，推出《非常动物》系列丛书，该系列图书图片精雕细琢，文字丰富细腻。相信读者阅读此系列图书将得到一次精神上的传奇之旅。

向更多国人传播科学文明，在潜移默化中提高国人的文化素养是我们最大的心愿。倘若这套图书能够给您带来知识和思想，我们将感到由衷的欣慰和鼓舞！

编 者
2006 年 5 月

目录

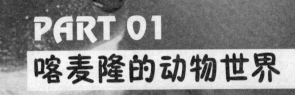

PART 01
喀麦隆的动物世界

"你想一次就游遍非洲大陆吗？那就到喀麦隆来吧!"这是喀麦隆旅游界向全世界发出的广告性口号，希望来自世界各国的游客通过游览喀麦隆的名山大川、奇异景观，进而了解整个非洲的文化和风土人情。

　　喀麦隆的正式全称为喀麦隆共和国，是非洲西部的一个国家，靠近赤道，国土北窄南宽，略呈三角形。它的北部和尼日利亚接壤，南部紧接加蓬、刚果和赤道几内亚，西部与乍得和中非交界。喀麦隆的国土面积有475 439平方千米，人口1 390万，约有200多个民族，三大宗教，官方语言为法语和英语。政治首都雅温得，人口110万；经济首都杜阿拉是最大的港口和商业中心，人口200多万。

　　由于喀麦隆东面和非洲腹地相连，西部紧邻大西洋，因此环境气候受赤道雨林和稀树草原的影响，复杂多变，不过常年的气温维持在24～30℃。北部4～9月为雨季，年降雨量在1 000～1 750毫米；地处赤道的南部常年多雨，不过有两个雨季和两个旱季。雅温得的年平均降雨量为4 030毫米，最高月气温是27～30℃。另外，喀麦隆火山的一小部分每年的降雨量超过了1万毫米。

　　就地理环境来说，它几乎汇聚了大自然赋予非洲大陆其他国家的所有特征，火山、瀑布、高山、草原、丘陵、沼泽、河流、湖泊，各种不同的地形地貌在这里都可以找到。另外，像喀麦隆火山的腰间喷火、尼奥斯山区的"杀人湖泊"、克里比的瀑布入海、洛贝丛林的矮人国、林贝海滨的黑沙滩都可谓

人迹罕至的龙皮山

人间奇观，令人一睹难忘，流连忘返。西南部的库鲁普国家公园，至今还生长着从冰川时期就幸存下来的世界最古老的热带雨林；北部的稀树草原几乎孕育了非洲大陆所有的野生动物，在北部卡普西基地区，人们在旱季甚至还能看到只有月球上才有的"月球景观"，因而被法国著名作家纪德誉之为"天下美景"；西部主要为林地和山地，巍峨挺拔的喀麦隆山海拔达4 070米，是非洲西部的最高峰，也是整个非洲排名第三的高山。不过，最令人感兴趣的还是位于喀麦隆山脉以北大约50千米处的龙皮山，那是一个几乎被人类遗忘的与世隔绝的角落。

龙皮山拥有丰富的水资源，终年流淌的小溪和河流随处可见，美不胜收的瀑布更是数不胜数。位于较高海拔处的原始丛林就相当于一个终年蓄水的水库，为沃里和蒙戈两大河流提供了充足的水源。事实上，龙皮山和喀麦隆山脉的西南一带是喀麦隆降雨量最多的地区。这里的原始丛林与世隔绝，和人类聚居地相距甚远，茂密的植物就像是一个巨大的过滤器，使得这里的水质非常纯净。这里就像一个巨大的

龙皮山随处可见的溪流瀑布

兰花种植园，

龙皮山奇异的真菌

各种各样的兰花遍布各个角落。与东南亚和南美洲的兰科植物相比，大多数非洲兰花的花朵偏小，而且它们大多数都是附生植物，也就是说它们生长在树上。这一点非常奇特。在热带雨林中，一年四季都可以看到绽放的兰花，但是有些兰花品种只在雨季来临时开放。

| 龙皮山奇特的青蛙 | 身上带刺的蟾蜍 |

当然，兰花并不寂寞。由于常年湿润，蟾蜍和青蛙都在这里安家落户。这里有一种带刺的蟾蜍。当地的巴卡俾格米人说，当这种蟾蜍"起床"时，雷暴雨就会紧随而至，袭击这个地区。这种蟾蜍只有人手那么大，却让居住在龙皮山上的巴鲁人敬而远之。他们认为这种蟾蜍能向人的眼中喷毒。实际上，它是无害的，它耳腺中产生的毒液只起着清除皮肤上的细菌和真菌的作用。

不管怎样，对于这些蟾蜍和青蛙来说，潮湿的山林就像一片真正的乐土。接下来再说说青蛙：有的青蛙具有伪装性的斑纹，有的具有鲜艳醒目的颜色，许多

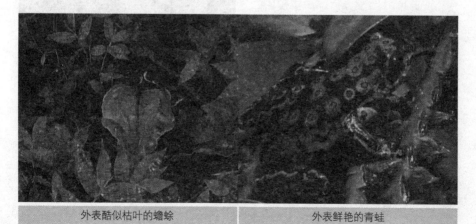

| 外表酷似枯叶的蟾蜍 | 外表鲜艳的青蛙 |

形态各异的青蛙

物种还能分泌毒液，真可谓天下奇观，无奇不有。不过，其中有一种却常年生活在树上，它们就是树蛙。

树蛙原来属于蛙科，后来分出来单独成为一科，在中国仅包括两属，大约有30种。它和蛙科的区别主要表现在，它的指趾末端膨大，成为很大的吸盘；其次指趾末两节间有指、趾间软骨；其三它的前后肢都具有半蹼。对我们来说，这种解释可能过于专业化，那我们不妨把它和我们熟悉的普通青蛙作一些比较，它们两者之间有一些明显的不同。首先，树蛙的腿上有吸盘，这样更有助于它们在树枝上活动。其次，树蛙对环境的适应能力非常强，它可以随着环境色彩的变化迅速改变身体的颜色。举例来说，在树枝上，树蛙的皮肤呈现出的是青绿色；如果放到水泥地上，它的身体颜色就会变成淡绿色；放到土地上，它又会变成黄色，肤色变化非常快。这是因为树蛙的皮肤内有蓝、绿、黑等几种色素细胞。当树蛙看到外界环境的色彩后，眼睛产生的视觉信号就会迅速传递到大脑，由大脑发出指令，调节内分泌以及黑色素细胞的活动，细胞变大，皮肤的颜色就会加深；反过来，细胞变小，皮肤的颜色就会变浅，因此树蛙能够通过变色来保护自己免受其他捕猎者的袭击。

树蛙和普通青蛙的区别还不止于此。一般的青蛙都是在水中产卵受精，我们小时候所熟悉的小蝌蚪找妈妈的故事讲述的就是这个过程；树蛙不同，

等待捕猎的树蛙

它是在树上完成产卵受精的过程。它们通常在树上排出大卵泡，受精后一个星期孵出小蝌蚪，随后小蝌蚪就会从树上掉到树下的池塘里，因此树蛙生活的树下一般都有水。一个月后，蝌蚪就会变成树蛙。接下来，树蛙就会上树生活，捕食森

林害虫。

在了解了树蛙和青蛙的区别之后，我们再来仔细看看树蛙的其他特征。

树蛙是一种中等体型的蛙类，学名为大树蛙。雌蛙能够长到61毫米长，雄蛙能长到大约50毫米。树蛙的背部色彩主要有淡褐色、亮绿色和橄榄灰3种，胃部底下呈现为淡淡的橘黄色，一直延伸到脚的前后部。另外，它的4个脚趾是扁的。

树蛙的成体几乎终年在树上生活。在繁殖季节，雌蛙会爬到靠近水边的树上，产下一团泡沫状乳白色卵块，使之黏附在翠绿的嫩叶上。母蛙不时跳下池塘，通过皮肤吸收水分，然后返回窝巢，用尿打湿它的卵块，以维持必需的湿度。孵化出的小蝌蚪会不断地跳跃，借此使树叶脱落，同时自己也随着落叶进入水中，进一步发育成长。

树蛙一般生活在山里有岩石、植被和水流的地方，疏松的岩石底部、岩石旁边、靠近水流边，都是树蛙蔽荫和沐浴太阳的地点。树蛙主要吃蚊子和苍蝇，或者喝它们生活区域的水蒸气！树蛙被大量发现于澳大利亚西南部的大分水岭山脉，在维多利亚中心高地，喀什丘斯山脉之间，也分布于整个新南威尔士。具体在中国来说，它主要生活在西南各省，尤其以云南南部的种类较多。比如：斑腿树蛙，它的皮肤背面光滑，腹面多瘤，体色随环境而变化，一般背面为浅棕色，上面有黑色或黑棕色斑纹，腹面为乳白色，四肢背面有黑色或暗绿色横纹，大腿后方有网状花斑，因此得名斑腿树蛙。斑腿树蛙的雄性一般体型较小，雌蛙的体型较大。它们的生殖季节很长，从4月末开始，可以一直持续到8月中旬。卵产出后为泡沫状的卵池所保护，经常黏附在水边的草上或者树枝叶上，卵直接在卵泡内发育。到孵化的时候，蝌蚪就会突破胶质膜，坠入水中，然后在水中继续完成后期的发育。

树蛙的种类的确多种多样，除了分布于中国云南地区的斑腿树蛙外，事实上还有一种树蛙绝对会让我们有一种似曾相识的感觉，在书本、挂历、邮票、杂

盯视

先来后到

志，甚至T恤上都可以看到，它就是漂亮可爱的红眼树蛙！红眼树蛙习惯白天睡觉，夜里活动。当它醒过来时，两只大大的红眼睛瞪得圆圆的，真的非常漂亮！

红眼树蛙的主要分布区域以中美洲（哥斯达黎加等地）的热带雨林为主，在南美洲的北部也有少数分布。那些地区经常下雨，天气炎热而且非常潮湿。

红眼树蛙的外表非常引人注目，最明显的特征就是它红色的瞳孔、绿色的背部和橙色的四肢，鲜艳明亮的色彩形成了鲜明的对比。它的瞳孔呈纵向细长形，很像猫的眼睛。另外，它的身体侧边带有黄色及蓝色的条纹，腹部为白色，四肢较长。正因为红眼树蛙如此鲜艳抢眼的外表，使得它的身影常常出现在不少媒体广告或是摄影作品上。

一般情况下，雄蛙的体型比雌蛙都要小，雄蛙的体长大约有5厘米，而雌蛙的体长则大约有7.5厘米。红眼树蛙的寿命大约可以达到7年。

红眼树蛙的许多特性使它能够在森林里生存下来。它的脚蹼很大，形状像水杯，这使它能够在树上爬来爬去捕捉昆虫。另外，在夜里，它的皮肤会变成暗色，这样它的天敌就很难发现它的踪影。天亮之后，它的皮肤又会变成绿色，和周围的绿叶融为一体。

红眼树蛙属于夜行性的群居动物，白天当它们休息时，身上鲜艳的绿色就会变得暗淡，红红的大眼睛会藏进脑袋里，腿也会收拢到身体下面。夜晚是红眼树蛙最活跃的时间，它们在夜晚开始觅食。一般来说，只要是能够塞进口中的食物，包括动物、昆虫，热带雨林中的红眼树蛙都是来者不拒，甚至它们也可能会吃同类的幼体或小型蛙类。

红眼树蛙的身体表面为什么会呈现出如此明亮的色彩呢？这存在许多可能。也许那些正准备吃它的天敌，不会料到树蛙醒来时，色彩竟是那么明亮，它们会被吓得一愣。这时，树蛙就可以安全地逃跑啦。

不容否认，树蛙的确是伪装高手，不过要说起动物界的伪装鼻祖，那自然非变色龙莫属。我们在中学的课文里都学过契诃夫的作品《变色龙》，不过他所说

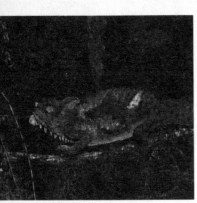
缓步前进的龙皮山变色龙

的是人类中的"变色龙"，而今天介绍的就是生活在龙皮山热带雨林中的真正的变色龙。这里的物种有的常年生活在树上，有的习惯藏身于地上。树栖变色龙的体色和树叶的色泽非常相似，它们甚至能够模仿树叶随风摇摆的样子。地面变色龙的体色则和落叶相近，一有危险，它们就会匍匐在地上，身体保持一动不动，看上去就像一片枯叶一样。

变色龙，学名避役，属于蜥蜴类爬行动物，在恐龙生存时代已经出现，在地球上已经有28万年的生存历史。"役"在中国文字中的意思是"需要出力的事情"，而避役的意思就是说可以不出力就能吃到食物。

变色龙主要生活在非洲地区，少数分布在亚洲和欧洲南部，马达加斯加岛是它们生活的天堂，另外印度等地的树林中也可以看到它们的身影。其实，它们的足迹也遍布中东以及爱琴海和地中海的一些岛屿，从北非沿岸直到西班牙南岸。变色龙的各个亚种则源于阿拉伯半岛、印度和斯里兰卡。通常，变色龙主要栖息于刚果盆地的丛林地带、纳米比沙漠的干旱地区以及乃洛比的灌木丛，一些种类还能生存于非洲赤道地带，大多数变色龙都属于避役属。

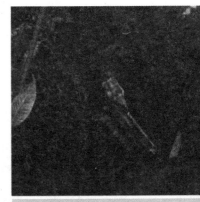
在树枝间移动的变色龙

之所以被称为"变色龙"，主要是因为它的体色多变、善变。在一昼夜的时间中，它可以变换六七种颜色：夜深时呈现为黄白色，黎明时会变为暗绿色，阳光下则变得黝黑发亮，发怒时斑斑点点，在温暖而不透光的环境中身披"绿装"，温度下降一些就变成浅灰色了。

一般来说，变色龙的身长在20～30厘米左右，体型较大者可以达到50厘米以上，最小的却只有3～5厘米。它的身体侧扁，背部有脊椎，头上的枕部有钝三角形突起。四肢很长，指和趾合并分为相对的两组，前肢前三指形成内组，四指、五指形成外组；后肢一趾、二趾形成内组，奇特的三趾形成外组，这样的特征非常适于握住树枝。另外，它的尾巴比较长，这使它能够轻而易举地缠卷树枝。它有长而灵敏的舌，舌头伸出来之后比它的身体还要长。它的舌尖上有大量腺体，能够分泌大量黏液粘住昆虫。变色龙用长舌捕食是闪电式的，1/25秒便完成。当遇到威胁自己的敌人时，它会吸入大量空气，把肚皮胀得圆鼓鼓的，由此虚张声势，吓唬敌人。

变色龙都是卵生的。在繁殖季节，雌性变色龙先从树上跳下，然后在地下打出深洞，这一过程至少需要1天。一只母变色龙产下30～50只卵后，用脚挖土填平洞口。所有这些活动都在阳光明媚的日子内完成。几个月后，小变色龙就会钻出地面，开始四处寻找食物。即便如此，其死亡率仍然很高。显然，这与鸟类、毒蛇和大型蜥蜴等都以小变色龙为食有关。

变色龙的行动十分迟缓，人们经常用"树懒"来形容它们的漫不经心和不慌不忙。西非的一些民族认为变色龙是一种古老的"原始生物"。在他们看来，变色龙的爬行之所以异常缓慢，是因为当这种动物最初出现时，地球仍处于原始的潮湿柔软状态，它们只能小心翼翼地前进。变色龙奇形怪状的脚非常不利于逃跑，即使遇到了危险，也只能稍稍加快一点速度，但是速度照样不会超过每分钟6米，因此很容易被蛇或者其他以蜥蜴为食的动物捕获。

变色龙是主要栖息在树上的爬行动物，除了产卵和求爱之外，很少光顾陆地。它们偶尔在陆地上爬行时，爪尖着地，前后脚呈八字形扁平向外撇开，宛如钢琴家在演奏

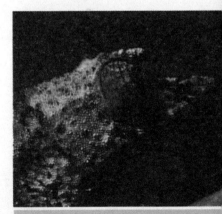

被当地人认为"不祥"的地面变色龙

八度音，显然，变色龙这种能有效地适应在树上和草丛中爬行的步态，在陆地上不仅无法隐藏自己，反而招人注意。变色龙的脚趾彼此捆扎呈"V"形：前脚有

2趾在外侧，3趾在内侧；后脚趾的分开恰好与前脚趾相反，这种分开方式为变色龙提供了更大的力量和平衡。

其实，变色龙不仅是伪装高手，也是一个谜一样的动物，身体颜色的变幻不定、眼睛和舌头的特异功能都令人百思不得其解。接下来，我们就来一一解释这些秘密。

首先，变色龙为什么能够根据环境的变化而改变自己的身体颜色呢？秘密就在它的皮肤里面。那里有一个变幻无穷的"色彩仓库"，其中包含着各种色素的特殊细胞，比如在外层的下面存在着一层黄色素与绿色素细胞，紧接着是一层包括蓝色素、白色素、红色素、橙色素和紫色素的细胞，最深层乃是具有棕黑色色素的黑色素细胞。这种细胞具有许多发支结构，一旦周围的光线、湿度和温度发生变化或者受到化学药品的刺激，它们会将黑色至少从中央扩散到外周，然后再延伸到上层的皮肤，所以变色龙能将黑色素送至皮肤表层，从而遮盖了表层的皮肤。同时一些色素细胞会增大，其他一些色素细胞会相应缩小，这样就会呈现出各种不同的体色。

不过，对于变色龙变色的真正原因，有些人认为它们并不是为了和环境的色调取得一致，大多数变色龙的变色都是为了使自己格外引人注目。它们会根据光线的强弱、健康状况、温度和性情来改变肤色。比如在龙皮山上，一些变色龙的体色就会随着情绪的变化而变化。当它们生气或者发怒时，体色就会变黑；而在它们感到恐惧时，体色就会变成白色。在强光的照射下，变色龙的求爱和领地防卫行为能激起它们最明显的戏剧性肤色变化。比如，一条雄性变色龙为了求得"女朋友"的欢心，嘴唇会变成黄色；另外一条变色龙则会全身变黑，但是当有人把它放到手中时，它却立刻恢复了淡绿色。

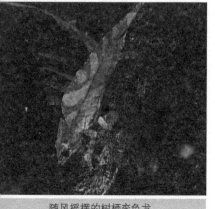
随风摇摆的树栖变色龙

不管怎样，虽然变色龙并不能随意控制变色的过程，但是这种变色能力无疑非常有助于它们更好地适应环境，让它们在悄悄靠近猎物时不被发现。当然，悄悄地潜近猎物只是成功了一小步，关键还是要看最后的结果，而要达到事半功倍的效果，它就必须依赖自己非凡的眼睛和舌头了。

蓝凤头翁

变色龙的眼睛简直是一个奇迹。它的眼睛大而突出在眼眶之外，眼睑上下结合为环形，中央有孔，光线可以从孔而入。两只眼球能够旋转180度，可以四处张望，上下左右独立运动，互不牵制，左眼向前看时，右眼可向后看或向上看。这种现象在动物界是非常罕见的。当变色龙发现自己爱吃的猎物时，两眼就会聚集到食物上，虽然这给人以斗鸡眼的憨态，但是实际上却扩大了它的视野，有利于它寻找像昆虫那样的小猎物，同时也能让它及时发现后面的敌害。

变色龙的舌头，从和身长的比例来看，可以称得上是世界上最长的舌头了。通常，变色龙的舌头可伸至体长的1.5倍的距离之外，最长的可达到2倍；而且舌头从开始伸展到全部伸出只需要1/16秒。变色龙的舌头由弹性纤维组成，外形很像一根棒头，基部狭窄，末端稍稍膨大，有的种类的舌头还分叉，上面具有黏性分泌物。平时，它们的舌头缩入口腔内的舌鞘中，捕食时舌部血管快速充血，舌肌收缩，使舌头快速地直射出来，粘住猎物，真可谓"百发百中"。不过，变色龙也会碰上一些难以对付的猎物，比如体表温润的小虫或鼻涕虫之类。

变色龙的神秘莫测不止体现在它的外表特征，还有它奇特的身体机能，更重要的是它的许多行为也让人非常奇怪。不信，你接着往下看！

变色龙平时都过着孤独的生活，尤其是雄性变色龙整天都小心翼翼地守卫着自己的领地，惟恐被他人侵占。一旦变色龙之间发生领地之争，大多数变色龙只是怒目相视，佯装进攻，而并非真的大打出手。如果有机会的话，你可以仔细观察一下，它们双方不是正面相迎，而是争着转向对手的侧面，然后将身体展平，尾巴蜷曲，舌头伸出。随后，双方的全身会高高鼓起，一改原来的肤色和体态，由此来迫使对方不战而退。如果这些还不奏效，它们就会彼此张开嘴巴，发出"嘶嘶"的嘘声，并来回摆动和上下跳跃。就大多数种类的变色龙来说，到这一步，冲突已经接近尾声，其中一个会甘拜下风，悄悄溜走，不会再进行肉搏相斗。

当然，在变色龙中，也有少数体型较大的种类会向对手发起猛攻，展开一场"你死我活"的实战，结果轻则受伤，重则一命呜呼，获胜者即使还活着，在这场激战中往往也会弄得遍体鳞伤。

云雾缭绕的山景

不可否认，变色龙的确是非常奇妙的生物，而且它的种类很多。龙皮山上葱翠的雨林中就生活着一种非常奇特的四角变色龙。

顾名思义，四角变色龙当然长着4个角，这不由令人想起恐龙时代。四角变色龙主要以昆虫为食，而且主要分布在喀麦隆地区。在喀麦隆地区，四角变色龙也只是生活在凉爽的山林中，海拔一般在1 500～2 000米，年平均温度在16～30℃左右。它们从来不会进入比较温暖和潮湿的低地区域。在旱季，这里的温度会降到6℃，但是变色龙似乎不会受到寒冷气候的影响。这种变色龙主要生活在曼能古巴火山上，但是这个家族中的一个分支也生活在喀麦隆西北的偏远山林中。究其原因，大概是冰河时代的来临，全球气候发生变化的缘故。由于热带地区的气温下降了五六度，从而使得山林蔓延到了低地丛林地区，使得以前被低地隔离开来的山林连成一片。生活在这些较冷山林中的动物，比如四角变色龙也随之散布开来。而当温度再次慢慢升高时，山林被低地的丛林推回，再次被互相隔离。所以同一物种也就被分离开来。几千年来，这种隔离引起了物种的变异，甚至新物种的产生。

四角变色龙的身体长度有38厘米，背部有类似帆状的突起，沿着头部至胸部间的腹侧中间线上有长棘状的突起。在吻部长有两只角，但第二对角短且呈瘤状突起。雌性四角变色龙没有角，只有较小的残根。它属于卵生动物，每年产卵

2～3次，每胎可产8～15颗卵，在22℃的温度下需要孵化大约5个月。

说到四角变色龙，当然有必要提一下它的其他几位特别有名的亲戚。它们虽然分布的区域不同，但是彼此之间的关系还是不容否认的，如双角变色龙。

双角变色龙也主要以昆虫为食。它们大都分布在喀麦隆和几内亚地区。身体全长有15～35厘米，头前方长有两只角，尾部有帆状突起，尤以雄性最为明显。另外，它的身体表面具有大型的圆状鳞，背中线上却没有锯齿状鳞列，喉部和腹部正中线等都覆盖有锯齿状的鳞列。双角变色龙的体色一般为绿色，偶尔也会出现金属蓝的斑点和蓝、红色带状条纹。外形非常亮丽。它主要栖息在山地森林中，属于卵生物种，每胎可产5～8颗卵。

除了这两种名字相差不多的变色龙之外，另外还有三角变色龙、地毯变色龙、米勒变色龙、七彩变色龙和杰克森变色龙。

三角变色龙同样以昆虫为食，它主要分布在卢安达、乌干达和萨伊地区。全长最大可以达到25厘米，雄性体型大于雌性。它的背中线上没有锯齿状突起，身体表面只有四肢的皮肤上覆有一些大型鳞片。头部后方没有头冠，雄性长有三只角。三角变色龙主要生活在海拔1 700～2 000米的山地间的灌木和开阔林地，平时喜欢在距离地表10米高的地方活动。它同样属于卵生，不过和四角、双角变色龙相比，它每胎的数量要稍多一些，可以产12～16颗卵。

四角变色龙

双角变色龙

雌性双角变色龙

精灵

亮相

地毯变色龙，千万别误会，它和地毯可没有什么关系。它也是吃昆虫的，主要分布在马达加斯加全境。它的身体全长20～25厘米，体色变化多端，身体两侧各有3个大型的眼状斑纹。它习惯于栖息在山地森林和民宅当中。它也是卵生，每胎约有4～23颗卵，每季可以产卵4～5次，孵化期大概需要154～378天。

米勒变色龙主要分布在非洲东部，全长最大可达60厘米。这是非洲体型最大的一种变色龙，体色以绿色为主，中间杂有黄绿和深绿色的斑纹，头后方的瘤冠左右分离，而且头部前方低平。另外，雄性成体的吻部长有短角。它们栖息于热带草原上的树木和灌木林，捕食昆虫，也捕食小鸟和其他蜥类；产卵数高达50颗，一年只产卵一次，约需5个月孵化。

七彩变色龙分布在马达加斯加岛东北部和留尼旺岛。它们的身体长度最大可以达到52厘米，吻部上方只长有微小的角状突起，而且瘤冠并不高耸。雌性会在地上掘穴产卵，每胎可产12～46颗卵，孵化期可以持续159～384天，刚孵化的幼体全长约55毫米。它们平时主要栖息在原生林中，而且大都在树冠地区活动。

杰克森变色龙主要分布在肯尼亚和坦桑尼亚地区。它全长约30厘米，可以分为4个亚种。它的背部中线覆盖有锯齿状的鳞列，躯体和四肢的皮肤上也都混有圆形的大型鳞片，头后方没有瘤冠。雄性头上长有3只角，这一点和三角变色龙相同，而且主要用来和同性进行争斗。它主要栖息于高地林间或矮木丛内。和其他变色龙不一样的是，它不是卵生动物，而是胎生，每年1～3月交尾，8月间就可以产下10～40只幼体。

遗憾的是，在龙皮山地区，变色龙的数量正在急剧减少。随着山林被毁坏，许多动物都失去了它们赖以生存的家园。那些光秃秃的山林现在被种上了庄稼，过不了多久，这里的土壤就会被完全风化，不再适合农作物的生长。那时，人们将不得不继续砍伐新的森林。到时候，这片浓密苍翠的山林和山林中的动物

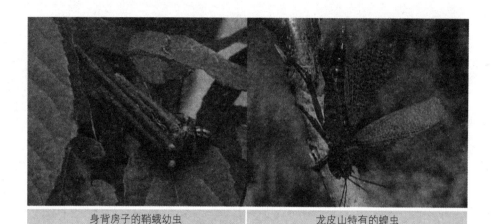

| 身背房子的鞘蛾幼虫 | 龙皮山特有的蝗虫 |

都将一步步走向毁灭。今天，由于变色龙数量越来越少，栖息地越来越狭窄，国际保护濒危物种机构已将所有种类的变色龙归入"受到威胁的动物"之列。

　　造成这种现象的主要问题还是栖息地的破坏，许多变色龙是有栖息地特异性的，当我们破坏了某个特定的栖息地后，就可能引起某一特殊物种的灭绝。对于特别稀少的变色龙种类，最有效的挽救办法就是进行人工繁殖，把繁殖出来的变色龙再放回原来的栖息地，当然保护栖息地的工作也必须同步进行。

　　当山林被夷为平地时，这里丰富多彩的动物世界也将不复存在。当人们已经无法再找到犀牛角或者象牙做成纪念品时，也许猎人们会将四角变色龙的头挂在墙上作为装饰，并面对光秃秃的山林遥想昔日的繁华，这不仅仅是动物世界的悲哀，更是人类的悲哀。

PART 02
沸腾的海岛

有人说它是加勒比海沿岸的一颗璀璨的明珠，有人曾经为它的阳光海滩、绿水蓝天而流连忘返，还有一些人则因为它的美女如云而惊叹不已，它就是我们熟悉而又陌生的多米尼加。

多米尼加全名多米尼加共和国，面积为48 422平方千米。它位于加勒比海大安的列群岛中的伊斯帕尼奥拉岛的东部地区，东临莫纳海峡，同时和波多黎各遥遥相望，西部和海地紧密相连，南临加勒比海，北濒大西洋。多米尼加境内的地势较高，中部地区山峦起伏，科迪勒拉山脉分中央、北部和东部三条横贯全国，是其主要的山脉及分水岭，它的最高峰为杜阿特峰，高3 175米，是加勒比海地区的第一高峰。位于中央山脉之间的是锡瓦奥谷地，这个谷地土壤肥沃，农作物产量很高，因此被称为多米尼加国内的"食粮之谷"。西部为大片的干旱沙漠，主要河流有北亚克河、尤约河。

多米尼加境内的北部和东部地区属于热带雨林气候，西南部为热带草原气候。全国范围的温差不大，平均气温为25℃，年降水量东北部为2 000毫米、西部为1 000毫米左右，经常遭到飓风袭击。

多米尼加大西洋一侧的海岸线长241千米，西起海地边境处的蒙特克里斯蒂，东到萨马纳半岛。海岸地区风光秀美，一片片甘蔗田四处伸展，和峰峦起伏的北部科迪勒拉山脉相映成趣。

位于北亚克南部的恩里基略湖为多米尼加国内的第一大湖，也是拉美陆地的最低点。它是多米尼加西南部的咸水湖，世界闻名的鳄鱼保护区，位于内巴

正在捕食的蓝脚鹭

生性胆小的火烈鸟

山和巴奥鱼科山之间。湖长大约为50千米，宽10千米，总面积大约有400平方千米。湖面低于海平面约44米，湖水含盐度比加勒比海水高50%。1974年国家把恩里基略湖中最大的岛卡布里托斯岛辟为自然保护区，它的面积为26平方千米。周围沙滩上生长有贴地喜盐植物，湖中经常栖息有几百条鳄鱼，是鳄鱼最多的保护区。

恩里基略湖区域很少出现动物的踪影，但是不同属类、形状各异的苔藓植物却到处可见，五彩缤纷的鲜花怒放其中。在南部地区，景致突然变得截然不同，广阔的草原四处伸展，直接和海洋相连。在海岸边，一些蓝脚鹭正不慌不忙地寻找食物。另一边，深不可测的红树林沼泽遍布礁湖的边缘，这表明水是咸的，所以礁湖很可能与海相连。树根纠缠错综，曲折盘旋，形成了独特的自然环境。在茂密的树林深处，光彩夺目的火烈鸟聚集在一起。它们的外表绚丽多姿，是不折不扣的鸟类"美人"，不过它们的胆子很小，非常警觉，稍有风吹草动就会展翅离开。

除了恩里基略湖国家公园外，多米尼加共和国境内还有另外7座国家公园，其中帕克纳西奥纳尔雅拉瓜是多米尼加最大的国家公园，它的很大一部分面积被礁湖所占据。湖水带有咸味，草原中也含有盐分。

另外一个国家公园是拉古纳奥维耶多，这里生活着许多粉红色的大鸟，它们

| 玫瑰琵鹭 | 玫瑰琵鹭奇特的捕猎方式 |

有一个美丽的名字：玫瑰琵鹭。玫瑰琵鹭看上去就像是欧洲琵鹭的神话版本，更重要的是，这两种琵鹭的捕食方式也非常相似，都是微张长嘴，然后快速掠过水面，以迅雷不及掩耳之势捕捉猎物。不过，有时候，它们也会集体合作，采取共同捕猎的方法。

对于琵鹭，你了解多少呢？

琵鹭虽名为"鹭"，但是从科学的分类上说，它们与鹮的关系更近，属于鹳形目鹮科。全世界共有6种琵鹭，包括白琵鹭、黑脸琵鹭、南美洲的粉红琵鹭、澳洲的大琵鹭及非洲的琵鹭等，其中最美的要数美洲的玫瑰红琵鹭，最珍贵、最稀少的则要数黑脸琵鹭，到目前为止，全世界共有黑脸琵鹭300～350只。

琵鹭是一种长相非常独特的鸟类，在自然界中很容易吸引人们的视线。它们最大的特征就是有一副外形呈匙状、看起来好像琵琶的大嘴，因此有人把它们比作随身携带琵琶的歌者。其实，任何一种生物的外形都是为了更好地适应自然环境而不断进化的结果，琵鹭自然也不例外。琵鹭的嘴正是为了更好地在水中觅食而进化来的。琵鹭在觅食

独自捕食的蛎鹬

时头部左右摆动,宽大的正面可以最大限度地接触和获取食物,而极薄的侧面却可以最大限度地减少水中的阻力,以节省自身体力。

由于其独特的观赏特性,因此全世界的琵鹭都属于保护物种。中国现有两种琵鹭,分别是白琵鹭和黑脸琵鹭,由于数量稀少,均被列为国家二级保护动物,其中黑脸琵鹭更是世界性的濒危鸟类。接下来,我们就一起来了解一下琵鹭家族中的这两位重要成员。

白琵鹭别名篦鹭、琵琶嘴鹭,属于鹮科,是一种大型涉禽。它的身体全长70～95厘米,全身的羽毛为白色。眼周、颏、上喉的裸露部分都为黄色。嘴又长又直,扁而且阔,前端扩大成匙状,看起来有些像琵琶,因此得名。它的胸部及头部的冠羽为黄色,冬羽为纯白色。颈部、腿部细长,腿下部裸露部分呈黑色。另外,它的虹膜为暗黄色,脚为黑色。

白琵鹭喜欢栖息于开阔平原和山地丘陵地区的河流、湖泊、水库岸边的浅水处,也栖息于水淹平原、沼泽地、河谷冲击地等地区。白琵鹭大都成群地活动,偶尔也会单独行动。休息时,它们常在水边呈一字形散开,长时间站立不动。飞翔时常会排成稀疏的单行或者呈波浪式斜列飞行,飞行时伸颈、伸腿。

白琵鹭大都成群在一起营巢,有时也和其他水禽混群营巢。它们的巢址多选在有厚密芦苇、蒲草等挺水植物和附近有灌木丛或者树木的水域及其附近地带。巢穴多建在芦苇丛、灌木丛或者树上,有时也置巢于地面,一般由雌雄共同营巢。白琵鹭的繁殖季节在5～7月,每窝产卵3～4枚,卵为白色,没有斑点。通常情况下,雌雄轮流孵卵,孵卵时间大约为25天,雏鸟留巢期大约为40天。

白琵鹭主要以虾、蟹、水生昆虫及幼虫、软体动物、蛙、蜥蜴、小鱼等小型动物为食,偶尔也吃少量的植物性食物。它们通常是在早晨和黄昏的时候外出觅食,觅食地点多在巢址附近,有时也到几十千米以外觅食。取食方式是一边行走一边将嘴张开,伸入水中左右来回扫动。

白琵鹭主要分布在欧亚大陆和非洲东北部,在中国主要在东北、华北、西北

捕鱼

低飞的海鸟

飞翔

火烈鸟

一带繁殖，于长江下游和华南地区越冬。荷兰人特别尊崇白琵鹭，把它定为国鸟。

目前，白琵鹭的保护工作仍然任重而道远，但是前景最令人担忧的则是黑脸琵鹭，它已经成为濒危种群，到2003年全球数量还不足1 000只。

黑脸琵鹭是一种中等体型的涉禽，别名黑面琵鹭，属于鹮科。它的体长为60～78厘米，外观和白琵鹭极为相似，在野外很容易混淆。事实上，它们的体型比白琵鹭略小一些，全身的羽毛也都是雪白色。夏季时，后枕部有很长的发丝状橘黄色羽冠，项下和前胸还有一个橘黄色的颈圈。虹膜为深红色或血红色。嘴全部都是黑色，不像白琵鹭嘴的前端为黄色，形状也是长直而上下扁平，呈琵琶状，长度大约有20厘米。黑色的腿很长，胫的下部裸露，适于涉水行走，脚趾也为黑色。和黑色部分仅限于嘴基部的白琵鹭不同，它的额、脸、眼周、喉等部位的裸露部分也都为黑色，并与黑色的嘴融为一体，因此得名"黑脸琵鹭"。另外，雌鸟和雄鸟的羽色相似，冬羽和夏羽有所区别，冬羽为纯白色，羽冠较短；夏羽羽冠和胸羽都为黄色。

黑脸琵鹭飞翔的姿势大气而且优美，雪白的双翅平展开来，长长的白色的脖颈、黑色的琵琶形长嘴、黑色的双足与白色的身躯拉成一条直线。你还没有看到它扇动翅膀，它却已经疾速掠过。有人说它们就像中国古代的女子，正抱着琵琶，在天空中歌舞飞翔，因此它们又有了一个颇具艺术气息的别称——"黑面舞者"。

黑脸琵鹭属于典型的湿地鸟类，一般栖息在内陆湖泊、水塘、河口、芦苇沼泽、水稻田以及沿海岛屿和海滨沼泽地带等湿地环境。它们通常喜欢群居生活，每群有三四只到十几只成员不等，更多的时候是与大白鹭、白鹭、苍鹭、白琵鹭、白鹮等涉禽混杂在一起生活。

黑脸琵鹭性情温顺，比较害羞。它们经常在海边潮间地带、红树林以及咸淡水交汇的地区觅食，中午前后栖息在稀疏的红树林中。觅食时，它们用小铲子一样的长喙插进水中，半张着嘴，在浅水中一边涉水前进一边左右晃动头部，通过触觉捕捉水底的鱼、虾、蟹、软体动物、水生昆虫和水生植物等各种生物，随后将长喙提出水面，将食物吞吃。

黑脸琵鹭的繁殖期主要集中在每年的5～7月。它们营巢在水边悬崖或者水中小岛上，常常两三对一起在临水的高树上营巢。鸟巢呈盘状，主要由干树枝和干草等构成。每窝产卵4～6枚，卵为长卵圆形，颜色为白色，上面布有浅色的斑点，孵化期大约需要35天。新出生的雏鸟全身披有绒羽，除眼周外，脸面并不呈黑色。育雏期间，雏鸟靠亲鸟捕捉贝类、小鱼、小虾等食物来饲喂，一个月后就可以离巢。幼鸟长大以后，随亲鸟于10～11月离开繁殖地，前往越冬地。

黑脸琵鹭是一种候鸟，没有亚种分化，主要分布在中国、俄罗斯、朝鲜及日本等地区。在中国主要分布于东北至华南沿海、长江流域、海南岛、台湾、香港。中国内地发现的黑脸琵鹭多为迁徙种群。历史上，黑脸琵鹭在华南地区数量很多，甚至在福建沿海终年居留。但近年来开展的水鸟调查结果表明，它们的数量正在急剧减少。

目前，黑脸琵鹭已成为仅次于朱鹮的第二种最濒危的水禽，国际自然资源物种保护联盟和国际鸟类保护委员会都将其列入濒危物种红皮书中。与此同时，黑脸琵鹭也被亚洲东部各国列为最重要的研究和保护对象，并拟定了一项"保护黑脸琵鹭的联合行动计划"，其中首要的任务就是对黑脸琵鹭的繁殖地、迁徙停留地和越冬地加以保护，杜绝不利的湿地转换，禁止猎捕，合作研究其生态学和彻底调查整个种群的分布和数量。

离开拉古纳奥维耶多，雅拉瓜国家公园里的野生鸟类极具观察、研究价值，但是到目前为止，所有有关野生鸟类的资料都还只是"内部情报"，因为这里的大规模旅游业还有待开发。这个国家公园的大部分都是草原，无水、干枯的大草原一直延伸到海边。毫无疑问，能在如此恶劣的环境下生存，植物们必然拥有它们非凡的本领，这也成就了当地一些非常独特的品种。铁兰已经完全适应了这里炎热、缺水的环境，定居在树上，但是它们并非寄生植物，它们窄小的叶子上有鳞苞，能够从空气中吸收水分。

附生的铁兰

铁兰是一种凤梨科的附生性常绿植物，无茎，呈莲座状，叶片细长，个别品种有分枝，叶片呈螺旋状排列在枝条上，穗状花序椭圆形，苞片两列，为玫瑰红色，对称互叠，花小，颜色为雪青色。

铁兰原产厄瓜多尔，喜温热和空气湿度较高的环境，宜光线充足，土壤要求疏松、排水好的腐叶土或泥炭土，冬季温度不低于10℃。它的根部不发达，叶片上密密麻麻地布满了鳞片或者绒毛，植株比较矮小，耐旱性极强。

铁兰还有许多其他的种类，比如淡紫花凤梨。它又名章鱼花凤梨，植株相对来说比较矮小，茎部肥厚，叶先端又长又尖，叶色为灰绿色，开花前内层的叶片变为红色，花为淡紫色，花蕊呈深黄色。另外还有银叶花凤梨。银叶花凤梨无茎，叶片呈长针状，叶色为灰绿色，基部为黄白色，花序较长而且弯曲，花为黄色或者蓝色，排列比较松散。老人须同样也是附生，无根，植株分枝，可以悬挂于空中生长。叶片细小，花朵不明显。还有一种紫花凤梨，这种植物的株高不超过30厘米，叶片簇生在短缩的茎上。叶片比较窄，呈线形，先端比较尖，叶长30～35厘米，宽1.5厘米，颜色为绿色，基部带紫褐色斑晕，叶背呈褐绿色，花葶由叶丛中抽出，直立，短穗状花序，总苞为粉红色，叠生成扁扇形，小花由下向上开放，颜色为蓝紫色。

除此之外，铁兰还有一个非常奇特的亲戚，它的名字非常奇怪，它就是空气铁兰。

空气铁兰也叫气生铁兰，原产于中美洲、南美洲，属凤梨科。它通常生长在灌木丛中、大树上或者悬崖间。它们不需要泥养或者水浸，所需营养和水分全由叶面上的"保卫细胞"直接从空气和叶片表面吸收。根部已退化成木质纤维，只起一定的固定作用。花期由含苞至花谢可维持数周及数月时间。花期后，整株铁兰的外形不变，在较下层叶片基部内侧会长出小的新株，继续繁衍。小新株在一至数年间可以发育成熟。

空气铁兰的叶片形状较多，由针形到剑状可谓各种各样，仪态万千。它可以分为100多个品种，植株的尺寸因品种不同而有很大差别，最小的成熟株只有25平方毫米左右，而较大的则常达45厘米×15厘米左右。有很多空气铁兰在成熟初期，顶部会先转化为红色，由淡至深，然后慢慢伸展花序，再逐一绽放花朵，非常好看；花色有紫色、黄色、红色、白色乃至组合颜色。有些品种一年内甚至可以两度开花。

特有的棕榈树

除了铁兰之外，这里的棕榈树也是难得一见的稀有品种，它们的主干粗壮，但是和梧桐树相比，大小只有后者的三分之一多一点。它主干上的树皮颜色有点像蛾子，呈棕褐色。另外，它的主干上长有长长的棕毛，把整个树干都包了起来。棕榈树的叶子为暗绿色，一片树叶很大，中间还有许多分开的小叶片，远远看去就像一把大扇子。在这个国家公园内，最常见的还是仙人掌。对于当地的渔民来说，这种仙人掌是不可多得的天然鱼饵。他们会切开仙人掌，取出里面鲜美的肉质做成鱼饵。除此之外，当地还有一种独特的蓝花楹。

巨大的仙人掌

蓝花楹的树冠非常高大，株高可达15米以上，叶互生，二回羽状复叶，小叶细小，羽状，着生紧密，非常好看。顶生或腋生的圆锥花序，花枝繁多，颜色为深蓝色或者青紫色，看起来非常壮观。每序花长可以达到

| 特有的蓝花楹 | 准备繁殖的众多海鸟 | 外形奇特的珊瑚悬崖 |

20厘米，上面可以长有数十朵花，花呈钟形，蒴果。

蓝花楹原产于美洲热带，喜欢温暖湿润、阳光充足的环境，不耐霜雪。适宜的生长温度是22～30℃，喜欢肥沃湿润的沙壤土或者壤土。

雅拉瓜国家公园植物茂密，品种多种多样，令人流连忘返，不过要想领略它真正的美，我们就必须离开主岛，乘船航行8个小时到达这个国家公园最偏远的小岛韦洛。说起这个小岛，它居然还有一段故事。据说，它的名字意为"高帆"，而给它命名的人就是著名的航海家哥伦布。与此同时，附近的彼德拉内格拉岛上却呈现出另外一番诱人景致。

在这里，珊瑚悬崖已经被风化得奇形怪状，看上去有点儿像高仰着的龙头，白色的鸟粪密密麻麻地覆盖在上面。随着雨季的来临，大量海鸟会飞到这里进行繁殖。无论是海岸边，还是悬崖上，到处都可以见到忙碌的海鸟。其中有一些已经产卵，比如白头黑燕鸥，它们的卵大都产在悬崖的凹陷处。和其他海鸟孵卵不同，它们不必用身体为卵取暖，相反还要防止卵受到阳光

不怕生的黑燕鸥

看护鸟蛋的白头黑燕鸥

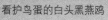
幼年褐鲣鸟

燕鸥属中体型最大的王凤头燕鸥

的暴晒。此外还有鲣鸟，鲣鸟只是这里的临时居住者，而且它们一般都是小不点儿。这里其实最多的还是燕鸥，它们的身影简直遍布赤道附近所有的热带海洋上空。在这里生活着的燕鸥家族中，最大的是王凤头燕鸥，它们的翅膀就可以达到1米多长；另外还有一种白嘴端燕鸥。除了这里，白嘴端燕鸥也在美洲东海岸的北海繁殖。它们长着一张带黄尖的黑嘴，叫声嘶哑，头上披着鸟冠一般的黑毛，兴奋时还会竖立起来。各种各样的燕鸥家族成员经常混杂在一起居住，不过每一族都有自己的势力范围，有时也会发生争端，不过这些都只是小打小闹，真正威胁它们的是另一群可怕的鸟类，那就是喜欢拦路抢劫，而且生性残忍的军舰鸟。

军舰鸟属于鹈形目军舰鸟科的一属，体长750～1 120毫米；翅长而且强壮，翅展可达2米；嘴长而尖，端部弯成钩状；尾部呈深叉状，体羽主要为黑褐色，喉囊为红色；脚短而且软弱无力，几乎无蹼；雌鸟一般大于雄鸟，雄性军舰鸟具鲜红色喉囊，求偶时充气膨大如球形。

军舰鸟多在灌木丛或者树上建造鸟巢，和其他鸟，比如燕鸥和鲣鸟的巢区非常接近。繁殖期间，军舰鸟的喉囊特别发达，在求偶时，雄鸟会极力膨胀红色喉囊，摇摆身躯，拍打双翅，向雌鸟炫耀。军舰鸟每窝只产1卵，卵为白色，重72～90克，孵化期为45～50天。雏鸟为晚成性，幼雏全身裸露，并且由亲鸟共同抚养，通常留巢4～5个月时间。

军舰鸟是热带海鸟，世界各大热带、亚热带海洋均有分布，有时也可进入温带水域。

军舰鸟是地地道道的空中强盗，因此又得名"强盗鸟"。为了得到美味的鱼虾，军舰鸟总是在空中盘旋观察，不

白嘴端燕鸥

过它不是在水里寻找目标，而是寻找有没有刚刚捕获猎物的海鸟。因为军舰鸟的尾脂腺不发达，落水后就会全身湿透，无法飞行。军舰鸟的身体很轻，翅膀很长，黑色的羽毛闪烁着绿紫色的金属光泽。军舰鸟俯冲时的最大时速可以达到

等待捕捉猎物的军舰鸟

153千米。它可以急速从高空降临水面，用强有力的喙敏捷地摄取游到水面的鱼和水母。除此之外，军舰鸟经常从海鸥、海燕和鸬鹚等海鸟嘴里抢夺它们刚刚捕获的鱼虾。有时候，军舰鸟会单独行动，有时是雌雄两只共同出击。

军舰鸟在中国主要有3种，分别是小军舰鸟、白腹军舰鸟和白斑军舰鸟。

小军舰鸟的成鸟全身为黑色，两翅有褐色斑带。小军舰鸟的名字来源于拉丁文，其实体型并不小。它的英文名含义为"大军舰鸟"，但是真正的大军舰鸟在中国并没有出现过。它主要繁殖于大西洋中的阿森松岛，游荡于热带大西洋。

外表漂亮的小燕鸥

白斑军舰鸟的雄性成鸟上体为黑色，头部、背部具有蓝色光泽，下体羽的表面呈浅褐色，前腹两侧各具有一白斑。雌鸟

的体羽一般为黑色，喉和前颈为灰白色，背部有浅紫光泽，后颈具有栗色领环，翅上覆羽有褐色块斑，胸和胸侧为淡黄白色。

最后一种是白腹军舰鸟，这是军舰鸟中最珍贵的一个种类。它的大小和小军舰鸟相似，体长将近有1米，雌鸟的体型一般比雄鸟大。蓝灰色的嘴锋很长，颜色为黑色，尖端弯曲成钩状，喉部有红色的喉囊，可以用来暂时存储捕到的食物。两翼狭窄，下臂的掌骨和指骨特别延长，两翼展开时可达2米。尾羽呈深叉状。脚也是红色的，与其他水鸟不同的是，它的脚趾间虽然也有蹼，但蹼膜在各趾间都有很深的缺口。雄性成鸟的体羽大都为黑色，并没有绿色的光泽，颈部和胸部还闪烁有蓝色的光泽，但是腹部为白色；雌性的喉部为黑色，腹部为白色，另外嘴是玫瑰色。

白腹军舰鸟是不折不扣的飞行高手。它们的飞行速度很快，捕食时的飞行时速可以达到400千米，是世界上飞行速度最快的鸟类之一。另外，它们的耐久力也很强，是非常出色的远距离"飞行家"，飞行高度可达1 200米左右，还经常可以飞到1 600千米之外寻找食物，最远可达4 000千米。这一切都要归功于它们主司飞行的发达的胸肌和飞羽。另外，军舰鸟还具有一项非凡的本领，它们可以在气流的旋涡内翻转，或者盘旋上升。当其他一些鸟类被吹得东倒西歪、晕头转向时，白腹军舰鸟却可以在狂风中旋转而下，安然降落，不受任何损害，因而成为海鸟中的佼佼者。

白腹军舰鸟白天在海面上飞翔，夜间则栖宿在岸边或岛屿上的树林之中。它的食物主要是海中的鱼和水母等软体动物。不过，它们更多的是在空中抢夺其他鸟类的劳动成果。受到军舰鸟迫害最深的要数红脚鲣鸟。一旦发现红脚鲣鸟在水中捕到鱼类，并衔起飞翔，它们就会俯冲而下，用喙啄咬红脚鲣鸟的尾部，或者用双翅猛烈扑打，迫使红脚鲣鸟放弃到嘴的食物。由于长期遭到白腹军舰鸟和其他强盗鸟类的袭击，红脚鲣鸟甚至形成了遇到惊吓便将食物吐出，然后迅速逃走的条件反射，所谓的"天上下大鱼"的奇特现象就起于这个原因。

其实，任何物种的行为都有其自身的原因，比如有些物种体型非常小巧，为了维持生存，它们就会进化出毒液这种致命的武器，白腹军舰鸟也是如此。它们之所以抢夺其他鸟类的食物，完全是一种自然选择的结果。军舰鸟虽然翼展较大，善于在空中飞翔，但趾间的蹼不完整，身体羽毛上的油脂也较少，所以不善于游泳和潜水，也很难从水面上直接起飞。另外，它们的腿短而且细弱，所以也不善于在陆地上行

成群捕猎的褐鹈鹕

走，夜晚不是在地面上休息，而是栖息在高大的树枝上或陡峭的岩石上。

军舰鸟的繁殖季节为每年的4～6月。这时，雄鸟和雌鸟会集中到岸边或岛屿上，在一起繁殖后代。达到性成熟的雄性军舰鸟，喉部的喉囊灌入空气后会膨胀成一个很大的半透明球状袋状物，色彩鲜红，十分艳丽。这也是它们向雌鸟"求爱"的主要手段。在求偶季节，它们还经常展开双翼，不断地围绕雌鸟转圈，跳起优美的舞蹈，并且不时发出"嘎拉、嘎拉"的叫声。雌性军舰鸟则相应地不断扇动双翼，同时认真挑选伴侣。一旦遇到合意的配偶，它们就会迎上去，用头去擦对方的头部或身体。

组成配偶之后，雄鸟和雌鸟将一起开始筑巢。它们的巢通常都建在大树的顶部或者岩石峭壁的灌木丛上。鸟巢主要由树枝等材料编织而成，巢壁比较简陋，巢内垫有纤细的树枝和海草等柔软物质。一般来说，雄鸟主要负责寻找巢材，而雌鸟则负责在树上或者灌木上筑巢。有趣的是，它们筑巢用的树枝、海草等材料也多是采用掠夺的方法，从鲣鸟等鸟类的口中夺取。新巢建成以后，雌鸟便在其中产卵，每次只产1～2枚卵，卵为白色，大小为70毫米×50毫米。最初几天只有雌鸟单独留在巢内孵化，随后雌鸟和雄鸟会轮流孵化，直到40天后雏鸟出壳为止。

军舰鸟的雏鸟属于晚成鸟，刚出壳时浑身赤裸无羽，眼睛还未睁开。雄雌亲

鸟外出捕到食物后，先在自己的胃中进行半消化，然后再吐出来喂养雏鸟。雏鸟通常要到半岁以后才开始学习单独飞行。给雏鸟喂食主要依靠雄鸟，因为它往往能捕获到更多的食物，甚至还将多余的食物供给雌鸟。与此同时，雄鸟喉部漂亮的红色喉囊会逐渐失去艳丽的色彩，并逐渐萎缩。长大的幼鸟学会飞行后，便离开亲鸟，开始独立生活，但一直要到2岁以后它们才能完全换成成鸟的羽饰，达到性成熟。

白腹军舰鸟没有亚种分化，主要分布在印度洋，繁殖在圣诞岛和科科斯基林岛等地。繁殖期后常游荡到北至中国的广东沿海及岛屿，南达马六甲海峡、爪哇以及澳大利亚等地。

根据统计资料显示，白腹军舰鸟在全世界的总数不足1 600对。它不仅是中国的一级保护动物，还被列入国际鸟类保护委员会的世界濒危鸟类红皮书。

无论是濒临灭绝的稀有物种，还是安居乐业的普通动物，以及各种各样的植物，它们都在多米尼加政府的人力举措下找到了自己的栖息地。多米尼加的8座国家公园的建立可以说是保护动植物举措方面的关键一步，与此同时，人们爱护环境、保护野生生命的意识也在不断增强，但是不容否认，保护动植物的工作仍然任重而道远！

| 正在繁殖的粉红燕鸥 | 捕鱼归来的褐鹈鹕 |

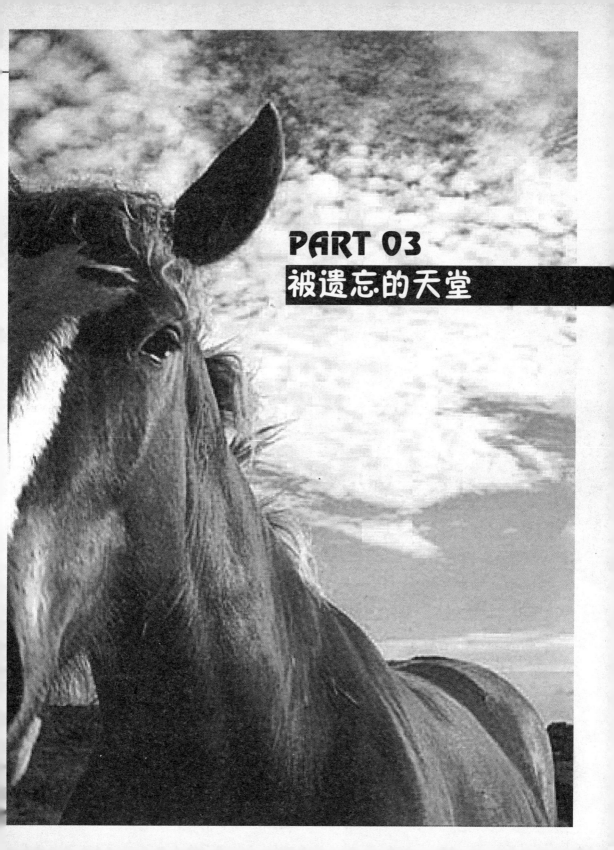

PART 03
被遗忘的天堂

有一天，电视里出现这样一个画面：一头大象倒在血泊中，象牙已经不翼而飞，而在它的身边，一头小象哀鸣不已，久久不愿离去。在危机四伏的自然界，失去母象保护的小象要维持生存似乎困难重重。事实上，这样的惨剧在世界各地的野生环境中早已是屡见不鲜，它在勾起我们对偷猎者的痛恨之时，也让我们更加深刻地意识到了禁止偷猎和保护野生动物的重要。但是，这项工作仍然任重而道远。说起偷猎行动，非洲的非法野生动物贸易可谓屡禁不止，而赞比亚境内的偷猎行为则显得更加猖狂，其中有些物种已经在这一地区灭绝。

　　对于赞比亚，你可能对它的情况了解甚少，但是在许多挂历和杂志上，我们都可以见到世界上排名第二的维多利亚瀑布。没错，令人惊心动魄的维多利亚瀑布就位于赞比亚。那么，除此之外，赞比亚到底是怎样一个国家呢？

　　赞比亚位于非洲南部，属于内陆国家，面积大约有75万平方千米，人口约1 000万。在1964年之前，它还有另一个名字，也就是北罗得西亚。赞比亚东部和马拉维、莫桑比克、坦桑尼亚接壤，南部和津巴布韦、博茨瓦纳、纳米比亚相连，西部和北部则与安哥拉、民主刚果接壤。

　　赞比亚境内大部分为高原，海拔都在1 000～1 500米，地势东北高、西南低。整个国土面积可以划分为5个大的区域，分别是东北部的东非大裂谷区，北部的加丹加高原区，西南部的卡拉哈迪盆地区，东南部的卢安瓜－马拉维高原区，以及中部的卢安瓜河盆地区。全境属热带草原气候。年平均降水量从南往北由650毫米递增到1 500毫米。11月至第二年的4月为雨季，5～10月

则为旱季。赞比亚东北边境的马芬加山为全国最高峰，海拔为 2 164 米。

赞比亚属于热带草原气候，一年分为三季，分别是凉干季，主要在 5～8 月；热干季，主要在 9～11 月；还有暖湿季，主要在 12 月至第二年的 4 月。它的年平均气温为 21℃，季节性温差不大，不过昼夜温差较大。这似乎有点儿像中国的内蒙古地区，想想那种"早穿棉袄，午穿纱"的日子，你就可以了解它的气候特点了。

由于位于非洲中南部的大草原上，赞比亚境内的植被主要分为两种类型，一是森林区，二是草原区。赞比亚80%以上的土地都很肥沃，加上降雨量比较多，特别适合植物生长。所以，在赞比亚地区，森林密布，绿色的树木和草丛相映成趣，令人流连忘返。

除此之外，赞比亚还是一个自然资源丰富、拥有各种矿藏的国家。其中，铜的蕴藏量高达8亿多吨，约占世界铜蕴藏总量的15%，因此获得了"铜矿之国"的美称。钴蕴藏量约35万吨，是世界上第二大钴生产国。此外还有祖母绿、铅、锌等多种矿产资源。

赞比亚境内河流众多，水网稠密，水力资源非常丰富，主要河流有赞比西河。这是非洲第四大河，长 2 660 千米，流经西部和南部。著名的维多利亚大瀑布就位于这条河上，它也是世界七大自然奇观之一，是赞比亚的著名旅游胜地。刚果河是赞比西河的支流，发源于赞比西河的上游，是和民主刚果的分界河。另外，卢安瓜河发源于赞比亚东北部山区，由东北向西南部穿过东方省全境，在赞比亚、莫桑比克和津巴布韦三国交界的边陲小镇——卢安瓜与赞比西河汇合后流入莫桑比克的卡堡拉巴萨湖。

卢安瓜河流经700千米，穿过了赞比亚最荒凉的地区。目前，赞比亚已经有约8%的地区被指定为国家公园，其

鲜红的食蜂鸟在北卢安瓜河两岸定居

面积相当于荷兰与比利时的面积总和。除此以外，还有一些禁猎区。其中，南卢安瓜和北卢安瓜国家公园是赞比亚最重要的自然保护区。但是，对外开放的只有南卢安瓜国家公园。南卢安瓜国家公园，人称"拥挤之谷"，因为其中的野生动物种类繁多，数量极大，公园全年对外开放。但是，在这片广阔的河流平原上，昔日安居乐业、种类繁多的野生动物们却正濒临于生死边缘，而这一切的始作俑者就是令人深恶痛绝的偷猎者。

南卢安瓜国家公园位于东南部卢安瓜河中游、穆钦加山脉的东南麓，恰好位于赞比亚东方省、北方省和中央省的交界处，面积有9 050平方千米。它最初建立于1950年，是赞比亚的第二大国家公园，因东侧的卢安瓜峡谷而得名。卢安瓜峡谷是东非大裂谷的一部分。早在1904年，这里就被当时的英国殖民者划为了动物保护区，到1972年的时候，赞比亚政府又决定将其开辟为国家公园，以保护其中的野生动植物资源。

南卢安瓜国家公园风光优美，公园内部建有许多现代化旅馆，动物种类繁多，最多的是大象，其次是黑犀牛，另外还有河马、斑马、角马、野牛、羚羊、狮子、豹和胡狼等。鸟类主要有高冠鹤、秃鹫和鹭鸶等。每到7～9月，旱季来临，由于雨量稀少，牧草变得寥寥无几，各种动物开始聚集在水源附近，从而为游人观赏提供了良好机会。

和南卢安瓜国家公园形成鲜明对比的是北卢安瓜国家公园。它被一条只有30千米宽的狭长地带所分隔，游客全部禁止入内。它西临大裂谷的边缘，东靠河流，形成了得天

赞比亚国内国家公园和禁猎区的分布

动物保护者前往营地

国家公园内的河马

| 卢安瓜河沿岸风景 | 北卢安瓜国家公园内的大象群 |

独厚的地理特点。遗憾的是，它就像一处被人类遗忘的天堂，荒野的面积将近5 000平方千米。由于这里没有游客，也就没有建立完备的监护系统。目前，这里只有15名护林员，而且，他们驻扎在公园的外面，简直形同虚设。对于发生在公园里的偷猎行为，他们不仅不闻不问，有时甚至会明知故犯，射杀任何能够提供肉食的动物，用于自己消费或者售卖。

在北卢安瓜国家公园，连续不断的偷猎行为已经使这里的动物们变得犹如惊弓之鸟。它们对人类有一种本能的拒斥心理。其实，这是自然而然的事情，或者说是它们从鲜血中学会的教训。在这些付出生命代价的动物当中，受害最严重的当然要数犀牛和大象。

动物保护主义者的调查研究结果表明，北卢安瓜国家公园的大象数量正在急剧减少，目前剩下的数量还不到5 000只。但是，美国食品与农业组织在1973年的调查结果表明，当时的大象数量高达1.7万只。1985年针对这个公园所做的最后一次调查表明大象的数量已经减少了31%。事实上，截止到20世纪70年代，这个国家公园的大象数量和以前相比已经减少了70%。从卢安瓜河谷来看，这包括南卢安瓜和北卢安瓜，总共有7.5万～10万只大象被偷猎，这个数字相当惊人。更重要的是，这个公园每年仍会有800～1 000只大象丧生于偷猎

者的枪下。这不是一个小数目。

更加令人心痛的是，今天针对这个国家公园的普查中根本没有犀牛的影子，而10年前，北卢安瓜国家公园里大概有1 700～1 900头犀牛，如此庞大的数目在短短10年内全部消失，确实让人不寒而栗。

其实，这种偷猎行为并不只是发生在北卢安瓜国家公园，世界各地都存在不同程度的偷猎行为，而犀牛和大象之所以成为偷猎者追逐的对象，自然有它们与生俱来的原因。大家都听说过"怀璧其罪"这个成语吧，或许犀牛和大象的情况也正是如此。

犀牛属于大型厚皮哺乳动物，肩高1.5～2米，体重1.5～3.5吨。犀牛看起来行动笨拙，慢慢腾腾，事实上，它们的行动非常敏捷，奔跑起来时速可以达到40千米。据说，犀牛是地球上生存时间最长的动物之一，具有5 000万年的历史。犀牛原来的种类繁多，分布的地域也非常广泛。但是，到目前为止，全世界幸存下来的犀牛总共只有18 700头，其中野生的有17 500头。这些犀牛主要分为5个亚种，分别是亚洲的印度犀、爪哇犀和苏门答腊犀，非洲的黑犀和白犀。亚洲犀牛主要生活在南亚和东南亚的雨林地带，由于树木的砍伐和人类的捕猎，活动地盘越来越小，头数越来越少。据国际犀牛基金会统计，亚洲三种犀牛

| 北卢安瓜国家公园内的斑马群 | 非洲最大的翠鸟——大翠鸟 |

43

的总数现在大约是 2 760 头。

分布于非洲的主要有两种犀牛，也就是黑犀和白犀。不过，它们和自身的名字具有很大的出入。白犀只有嘴巴周围的皮色稍白一些，其他部位的皮肤基本上都是灰色或深褐色，而黑犀也不是通体漆黑。另外，白犀牛体大角长，嘴巴宽扁，性情温驯，主要以草为食。它又分为南北两种。根据国际犀牛基金会的统计，南部白犀牛现在大约有 11 670 头，而北部的白犀牛则只剩下了 30 头。黑犀牛体型较小，以采摘带刺的灌木枝叶为食。到 20 世纪 60 年代，普查结果表明黑犀的数量是 6.5 万头，主要分布在撒哈拉大沙漠以南的东南非地区，比如坦桑尼亚、肯尼亚、乌干达、赞比亚、津巴布韦和南非。到 20 世纪 80 年代中期，黑犀牛的数量最多只有一两万头。以肯尼亚为例，1970 年，肯尼亚大约有 2 万头黑犀牛，但是到了 2001 年底却只剩下了 460 头。赞比亚原有黑犀牛 1.2 万头，到 20 世纪 80 年代中期基本上已经绝迹。现在，据国际犀牛基金会估计，非洲黑犀牛的数量总共不到 3 100 头。联合国环境计划署在 2002 年 6 月发表的一份报告预测，如果不采取有力措施，非洲的黑犀牛在 20 年内将会灭绝。

非洲犀牛近二三十年来急剧减少的原因，不是自然死亡或者自然界动物互相残杀造成的，而完全由于人为的因素。一方面，人口的剧增、树木的砍伐，使野生动物活动与生存的空间急剧减缩。另一方面，也是最重要的方面，是人类不顾生态平衡，对野生动物的滥加捕杀。人们捕杀犀牛，过去是为得到坚厚的牛皮和传说中有去疾补精之效的牛肉，现在则主要是为获取其犄角。犄角本是犀牛用以自卫的武器，最后竟成了导致整个物种走向毁灭的祸首。

随着国际市场对犀角需求的增加，越来越多的人开始铤而走险，相继卷入这一非法贸易。价格的飞涨又进一步刺激了捕猎者的贪欲，致使他们肆无忌惮地实施偷猎行为。

早期的偷猎行动大都是个人行为，使用的武器也主要是弓箭长矛，有时候也会使用火攻。他们在猎杀动物的同时，也破坏了自然环境的平衡。到现在，偷猎者开始趋向团伙化，手中的武器也由原始的弓箭长矛变成了现代化的自动步枪和轻机枪。非洲犀牛，尤其是黑犀牛，由于视力很弱，很容易大批遭到捕杀。有关资料显示，东非的黑犀牛每年减少大约 2 500 头。另一方面，黑犀牛到 7 岁时性成熟，妊娠期更是长达 15 个月，每胎只产 1 仔，两胎间隔一般为 4 年，所有这些条件都大大限制了黑犀牛的生殖率。因此，靠自然生育是很难补偿每年的巨大损失的。

偷猎行为的肆无忌惮不只表现在武器装备的现代化，另外还体现在它的销售渠道上。根据国际爱护动物基金会研究人员的分析，过去，不少偷猎者都会利用各国动物保护措施的空子，把动物从当地偷出来，或者直接猎杀掉，然后转运到

| 见到人类仓皇逃跑的水牛 | 偷猎者蓄意点燃的丛林火灾 |

他国贩卖。但是现在，随着现代科技的发展，他们为自己的非法偷猎行动找到了另一种完美而又快捷的渠道，那就是网络。

不可否认，互联网联通了整个世界，使得五洲四海的人变得近在咫尺。这在带给我们一些便利的同时，也为偷猎者提供了可乘之机。如今，一个贩卖野生动物的"网络黑市"已经在互联网上日益成形。如果你浏览网站，就可以看到许多类似的销售广告，比如"非洲某原始山林的黑猩猩"、"东亚某国的藏羚羊"、"远东寒冷地带的东北虎"，等等。除了这些活生生的珍贵野生动物，野生动物产品

在网上的销售情况也很红火。在这里，你会看到玳瑁的背甲、藏羚羊毛制成的围巾和狮子皮制成的标本，象牙制品就更是见怪不怪了。

面对如此肆无忌惮的野蛮偷猎行径，再加上现代化的非法贸易网络，偷猎行为变得趋于流程化，规模也开始扩大。这就意味着更多的野生动物将面临灭顶之灾。犀牛是这种情况，大象的情况也好不到哪里去。象牙和象肉都是为它们招来杀身之祸的祸首。

自从中世纪以来，非洲就是象牙走私集中的地区，这是由非洲象牙自身的特点造成的，使得原先种族繁盛的非洲象逐渐进入了濒危动物的行列。当然，象牙作为饰品也是由来已久，象牙在国际市场的流行导致的一个直接后果就是促进了捕象业的发展。

象牙主要有非洲象牙和亚洲象牙之分。非洲象牙一般较长，牙质相对较硬，颜色为奶白色，最优质的主要来自坦桑尼亚和喀麦隆。亚洲象牙一般较短，颜色白，但是比较容易变黄，其中以斯里兰卡产的为最好。

随着偷猎活动的日益猖獗，成年雄象的数量开始急剧减少，于是偷猎者开始把未成年的幼象也作为了猎杀的目标。人类记录中最大的象牙重达97千克，但是现在已经很难发现超过45千克的象牙了。

偷猎活动带来的另一个严重后果就是，象群中性别比例的严重失衡。雄象数量的急剧减少意味着性别比例会进一步扩大。这样，雌雄交配的概率也将大大减少，生育率自然也会降至最低点；而且象群近亲繁殖的概率也增大，被猎杀的雄象年龄越来越小，有的甚至还没有来得及交配。另外，随着大象栖息地的日益减少和人类猎杀行为的日益频繁，人象冲突也变得进一步激化。

当然，面对偷猎者的野蛮行径，大象也并非逆来顺受。"物竞天择，适者生存"，这一条亘古不变的生存定律再次为它们带来了生机。

众所周知，非洲象的象牙是它们在野外生活的重要工具。一般来说，作为非洲象的一种特殊变异，平均4%的非洲象自出生时就没有象牙。目前，在非洲某些地区，无牙象的比例已经猛增了5倍。野生动物学家认为无牙象的增多就是达尔文进化论的结果。

非洲国家乌干达一度是偷猎象牙最为猖獗的地区之一。在20世纪七八十年代，动物保护组织的记录明确地显示近90%的乌干达非洲象死于偷猎者的枪下。进入20世纪90年代，情况发生了变化。到1997年，野生动物学家在乌干达最大的野生动物保护区——伊丽莎白女王国家公园发现，非洲象数目从10年前的

动物保护者在修建屋顶

150头增加到了400头。更加令人意外的是，20%的母象和10%的公象都属于无牙象。

野生动物学家认为，偷猎者的目标是拥有一对珍贵的象牙，这就使得许多无牙象在枪口下得以偷生，并幸运地将无牙象的变异基因一代一代地遗传了下去。非洲象身体内部的这种变化使这一物种逐渐得到恢复。科学家还发现，在基因的作用之外，近年来非洲象双胞胎的概率也有所增加。在肯尼亚，为了加速种族的繁衍，公象的性成熟期和几个世纪前相比也提前了10年，而母象的生育期间隔也有所缩短。

动物保护者在公园内建造营地

在偷猎者的枪口下，动物们利用自己的方式学会了自我保护。但是，作为始作俑者，我们人类也要贡献自己的力量，为实现动物和人类之间的和平共处，为了保证这些物种的继续生存，认真地对待偷猎行为。为此，各国的政府部门和不计其数的环保主义者开始积极行动，与偷猎者展开了一场斗争。

在印度，政府已经开始实施"大象保护工程"。这项计划旨在通过对该国大象总数进行普查，从而防止大象数量因猎杀而减少。为此，每一位狩猎警察都需

要对他们所负责的公园范围内的大象数目进行普查。

在美国，动物保护协会将保护野生动物提到了等同于打击毒品犯罪的高度。在佛罗里达州，鱼类和野生动物委员会已经开始利用 DNA 鉴定技术来抓捕偷猎者。他们通过从动物尸体的残余部分来获得受害动物的基因图，这是典型的刑侦技术的运用。在这里，一根动物的毛发或者一块碎骨都足以提供重要的调查信息。如果偷猎者就动物的来源撒谎，那么，他们就可以通过 DNA 测试来证明偷猎者的谎言。

在中国，首先，政府部门决定进一步完善《濒危野生动植物管理条例》，以便做到对偷猎者有法可依。其次，国家濒危物种保护协会还将积极与海关和其他相关的国际组织联系，比如与海关联网，建立信息系统，避免造假、走私等发生。同时，中国的野生动物保护法也在进一步修改之中。

不可否认，在打击偷猎者、保护野生环境方面，许多国家都在不遗余力地发挥积极作用。赞比亚政府自然也不例外，为了恢复北卢安瓜国家公园的勃勃生机，他们采取了许多措施。

动物保护者营地附近的黑斑羚

不久前，赞比亚政府与世界粮食计划署合作，准备在赞比亚著名的南卢安瓜野生动物园开展"粮食换猎枪"的活动，并且已经取得了保护野生动物的初步成果。据介绍，短短的半年时间内，当地居民已经上缴了76支猎枪和3 126件猎具，这意味着有1 500～2 000头野生动物将免遭捕杀的厄运。

任何行为都有它的起因，猎杀动物的行为自然也有它的根源。南卢安瓜野生动物园内及其附近地区共有居民6万人。他们本来并不以狩猎为生，但是由于气候干旱，粮食减产，许多人只好拿起了猎枪和猎具。针对这一情况，世界粮食计划署与赞比亚野生动物保护协会向当地居民宣布，上缴1支猎枪或5件猎具可以得到150千克玉米。这两个机构还向4 000家从事狩猎活动的居民提供种子和肥料，并派农业专家向他们传授科学种粮、养花、养蜂以及其

他经营活动的技能和知识。

不可否认，这项"粮食换猎枪"的活动确实具有"一举两得"的结果，但是这并不能从根本上制止偷猎行为。要彻底制止这种行为，政府还必须加大打击力度。为此，赞比亚警方在野生动物保护局的组织下，配合野生动物园管理部门对所有国家野生动物园进行了一次大规模清查，逮捕了700多名偷猎者，收缴了一批枪支弹药和象牙。同时，他们还加强了各大野生动物园的武装保护力量，以防止疯狂猎杀野生动物的行为继续发生。除此之外，政府还采取措施严格控制颁发狩猎许可证。

当然，在严厉打击偷猎行为的同时，政府也进一步加大宣传力度，教育人们要爱护动物，关爱环境。赞比亚政府出台了"保护自然资源"行动，从2001年起就开始在全国进行宣传，目的在于教育当地民众意识到环保的重要性，鼓励过去的偷猎者从事更为环保的农业及副业。同时政府部门还组织有关专家向人们传授有关堆肥、轮作等可持续发展耕种的科学方法。在政府的大力宣传下，许多人从环保产业中尝到了好处，于是一股环保风在赞比亚刮了起来。

所有这些努力都只能保持现有物种的稳定发展，但是对于那些早已灭绝的动物，他们只能另谋他策，从其他地区引进灭绝物种就是一个很好的解决办法。

前不久，赞比亚政府计划从南非再引进15头犀牛，加上原先引进的6头犀

结有奇特果实的羽叶腊肠树

动物保护者的营地

动物保护者使用的日光灯

牛，赞比亚的犀牛数量将可达到21头。事实上，这一引进计划2003年就已经启动，赞比亚政府当时从南非购进了5头犀牛，后来一头母犀牛产下一头幼崽，从而使得数量增加到了6头，这6头犀牛目前都放养在北卢安瓜国家公园里。

除了政府的努力之外，许多环保组织，甚至动物爱好者也都加入了这个行列。就世界范围来说，绿色和平组织是目前世界上最大、最有影响力的民间环境保护组织。1975年，绿色和平组织展开反对捕杀鲸鱼的运动；1976年开始反对屠杀爱尔兰海豹。如今，反对捕鲸和猎杀海豹的行动已经初见成效。根据有关的普查数据表明，目前被捕杀的鲸鱼数量已经从1975年的2.5万条下降到了1 000条。此外，欧共体也作出决定，禁止进口用海豹皮制作的产品。

当环保主义浪潮开始席卷世界，当越来越多的人开始拥有更强的环保意识时，来自美国的两位生物学家——马克和迪莉娅就不辞辛苦地来到了北卢安瓜国家公园。

他们在1986年开始动物保护活动。在长达7年的时间里，他们一直在卡拉哈里沙漠中工作，研究野生生物，例如狮子和鬣狗的生活习性。后来，他们得到了法兰克福动物学会的支持，将研究工作拓展到了保护野生生物的领域。他们的著作《卡拉哈里的呼唤》激烈地抨击了博茨瓦纳政府的野生生物保护政策，也因此失去了在博茨瓦纳继续从事科学研究的机会。随后，他们来到了赞比亚的北卢安瓜地区，开始了新的工作。在这里，法兰克福动物学会又一次支持了他们，为他们提供了必要的物资，其中包括交通工具和一架轻型飞机。有了这些装备，他们开始投身于打击偷猎的战斗，试图阻止对野生动物的野蛮屠杀，并把这个地区恢复到自1972年以来官方控制之下的良好状态。

鉴于偷猎者大都来自于公园周围的各个村落，这里的人们对肉食的需求量

动物保护者在给飞机添加燃料

很大，因此马克和迪莉娅所面临的一项任务就是使村民们认识到捕杀动物只能满足一时的口福，而保护它们却可以为自己带来源源不断的财富。当然，这种劝服工作并不容易。要知道，北卢安瓜周围的村庄几乎没有任何家禽，因为这里大量繁衍的采采蝇会传播一种拿干那病，这对牲畜来说是致命的，而动物园内的水牛却可以抵御这种疾病的侵袭。

　　虽然生存环境非常恶劣，但是马克和迪莉娅仍然矢志不移，他们选择在卢安瓜河的一条支流上建立永久营地。1988年夏天，他们开始着手建造这个营地，所有的建筑材料都由大自然提供——木材、石头以及屋顶上铺的草。他们没有电力设备或者昂贵的进口机器等现代化设施，工作和生活条件都非常艰苦。经过艰苦不懈的努力，1989年秋天，这个营地基本竣工。按照马克和迪莉娅的计划，这个营地将成为未来护林员的永久性驻扎地。在这里，他们将进行6个月一次的野生动物普查，然后将定期普查的结果转移到计算机上进行评估，以便随时了解野生动物园内的动物情况。他们忙碌的身影和茂密的丛林构成了一幅美妙的画面，这是人与自然之间最和谐、最完美的画面。

传染疾病的采采蝇　　　　　　动物保护者在点燃逆火阻止火势

　　地球是一个大家庭，人类和动物都是其中的一个成员，我们紧密联系，息息相关。当动物在人类的猎枪下轰然倒地，当人类在金钱的驱使下肆意破坏生态时，自然的天平将会失去平衡，到时候，人类必将遭到自然的惩罚。幸运的是，许多国家和组织都已经意识到了打击偷猎、保护自然环境的重要性，于是一场动物保护者和偷猎者之间的斗争打响了！

| 迅速蔓延的火势 | 大象昔日生活的草地 |

PART 04
狞笑的鬣狗

广阔无垠的大草原，狂风肆虐的沙漠，这或许就是大多数人对非洲的印象。事实上，真正的非洲并非如此。相反，它就像一个巨大宝藏，处处透露着神奇和美丽，肯尼亚无疑是这个宝藏中最璀璨的一颗明珠。

肯尼亚气候温暖宜人，四季均可旅游。这里有数量众多的珍禽异兽，多姿多彩的赤道自然景观和风土民情，是非洲著名的旅游国家。首都内罗毕在当地语言中意指"凉爽之地"，城内花红草绿，林木葱翠，最有特色的是城外保留着大片的原始森林，面积达115平方千米，林内栖息着许多动物，是世界上惟一的一个城市野生动物园。西南部的维多利亚湖，湖光倒影，游客可以在此尽情观赏河马鳄鱼嬉戏；东非大裂谷纵贯南北，将整个国家劈为两半，恰好与横穿全国的赤道相交叉，肯尼亚因此获得了一个十分有趣的称号"东非十字架"，其中镶嵌着的"鳄鱼的极乐世界"——图尔卡纳湖有库彼福勒古人类遗址。沿大裂谷南下，裂谷省的纳库鲁湖是非洲鸟类资源极为丰富的湖泊，其东部是素有"非洲第二高峰"之称的肯尼亚山和阿伯德尔国家公园。

阿伯德尔国家公园位于首都内罗毕北部约95千米，占地720平方千米。这里高山林立，雨林葱郁，广袤的荒野和茂密的丛林相映成趣，为无数生灵提供了休憩之所。更重要的是，这里有著名的"树顶旅馆"，许多游人不辞辛苦来到这里，就是为了能够放心大胆地在此观察动物的夜间活动。小小的树顶旅馆就像一个隐秘的摄像头，折射出了动物的生活。

随着夜幕降临，沉寂的森林开始变得活跃起来。魅力四射的夜猴已经迫不

相互争斗的大象

及待地登场了。

夜猴，是惟——种昼伏夜出的高等灵长目动物，主要生活在热带雨林里，大部分时间住在距离地面30米高的树冠上，而且是雌雄同居，雄性负责保卫地盘。由于夜猴像猫头鹰一样喜欢在黑夜里活动，因此它又被人称为"鹗猴"。

夜猴的长相非常奇特，身体只有松鼠那么大，四肢细长。身上长满了细细的毛发，非常美丽、柔软。它的脸部长着短稀的毛，尾巴长得很结实，移动的时候就像在身后拖着一根大棒子一样，跳跃的时候则主要依靠尾巴来维持平衡。在端坐的时候，它的头部低下，背部弯曲成弓状，双手安放在胸下面，两足内弯，只有尾巴露在外面，远远看去，好像一只绒毛球一样。如果没有那身浓密的"毛外衣"，单看它赤裸裸的流线型身躯，又好像是一条"鱼"。夜猴的踝关节比较长，足上有一个宽阔的大拇趾，其他四趾相对，显得非常特别。它的手指细长，指间长短比例和人类相似。更奇怪的是，它指端庞大的肉垫上还长有指纹，就像人类一样。夜猴的毛发呈淡棕灰色，中间夹杂有一些橄榄绿色，这为它在树上提供了无与伦比的巧妙伪装。

不过，夜猴最具有特点的还是它的那双眼睛，这在整个动物王国中都可以说是独一无二的。它的眼睛具有4个特点：一双圆溜溜的大眼睛大得简直让人称奇，这对眼睛的虹膜会显现出红、黄、褐色混合在一起的美丽色彩。眼睛周围还有白色的毛，眼睛上方长有棕黑色的额毛，两者相互映衬，显得更加美丽。眼珠凸出，眼球表面蒙着一层透明的角膜，好像大玻璃球一样。更奇异的是，它的眼睛聚光能力极强，在一团漆黑的环境下，它照样可以轻而易举地捕捉到飞行中的昆虫。

夜猴的胃口很好，从不挑食，不管是野果、昆虫、蜗牛、雨蛙、老鼠，还是鸟蛋、蜂蜜，一向都是来者不拒。不过，它们吃东西时非常仔细，总是先拿到眼前仔细检查一番，然后才会大胆食用。尤其是吃昆虫的时候，它会悄悄地用手的大拇指和食指捏住昆虫的翅膀，再用另一只手的同样两个指头将昆虫的脖子折断，然后再慢慢吃。

根据科学家的发现，夜猴主要通过叫声来相互交流，传递信息。它的叫声复杂多变，令人惊奇，不仅可以发出"喊喊喳喳"、"唧唧喷喷"的尖叫声，还能发出奇特的犹如雷鸣般的"隆隆"声，此外还有敲铜锣似的"喤喤"的声音。它们的叫声时高时低，时细时粗，变化多端，在密林中引起响亮的回声。这种复杂多变的叫声在世界的猴类家族中也是非常独特的。另外，夜猴是一种非常敏感、非常警觉的动物，对于突如其来的动作、声音反应相当强烈，尤其是当它们打盹或睡觉的时候，遇到刺激马上就会腾身跃起，快速奔跑。如果遇到其他动物阻拦，它们的反应只有一个——张嘴就咬。

当然，大多数时候，夜猴表现得还是很文雅。就比如现在，夜猴正一脸斯文地细细咀嚼到口的美食，远处突然传来鬣狗饥饿的嚎叫，这简直是典型的"未见其面，先闻其声"。不过，这对夜猴并没有产生太大影响，因为它们具有完美的预警系统。尽管如此，在这片丛林地带，好多动物还是对鬣狗充满了恐惧，毕竟这些家伙位居非洲五大捕猎高手之一，绝对不是浪得虚名。

夜色下觅食的夜猴

在这里，有一点儿需要强调一下，鬣狗名字中虽然带了一个"狗"字，但是它和任何狗类都没有亲缘关系，而是被单独列为鬣狗科。更准确地说，它和猫或者獴的亲缘关系要更近一点儿。鬣狗是一种肉食性哺乳动物，外表看起来和狗非常相似，身体粗壮，后腿较短，头部较大，上下颌非常强健。

鬣狗主要生活在平原地带，平时会食用动物的尸体、昆虫和果实，也会捕食其他哺乳动物。鬣狗的奔跑速度可以达到每小时65千米。如果说鬣狗是草原上最重要的食肉动物，这绝对没有夸大其词。它们数量众多，比狮子具有更好的合作传统，能够合作作战。另外，它们既捕食食草动物，又清理草原上的腐肉，充当"清道夫"的角色，适应能力非常强。这也是它们能够在恶劣环境下幸存下来的关键原因。

鬣狗具有强烈的领地意识，它们通常习惯用自己的尿液和粪便来标志领地，划分各自的势力范围，彼此奉行互不侵犯的原则。如果对方一意孤行，蓄意挑起事端，即使只是被入侵了一小块区域，双方也会大打出手，毫不相让。吼声和狂笑声、喘息声和摔打声将会持续整夜。天亮之后，尸横遍地，到处都是血迹。在动物世界里，很少有像鬣狗这样火气旺盛，为了杀死同类目标而大动干戈的动物。事实上，这样做的危险很大，一旦落败明显会得不偿失。但是，鬣狗显然不这样认为。

相互玩耍的鬣狗

鬣狗彼此见面的时候非常亲热，摇头晃尾，点头哈腰，甚至还彼此用舌头舔来舔去。不过，千万别对此一笑置之。这套看起来非常夸张的"礼仪"其实有它自己的原因。从鬣狗的本性来说，个体之间彼此都是仇敌，只不过每次共同出猎或采取"军事行动"之前，它们都会做出最真诚的和解与友善的表情。而且，在熟悉的情况下，它们也经常混在一起玩耍嬉戏，不过这种玩耍并不单纯，至少会奠定它们各自在群体中的等级地位，避免不必要的争斗。

鬣狗科共分为两属四种，分别为棕鬣狗、缟鬣狗、斑鬣狗（笑鬣狗）和土狼。

斑鬣狗是鬣狗科中体型最大的成员，也是鬣狗家族里最出名的一种，主要分布在非洲撒哈拉沙漠以南的开阔草原地带，成年雄性从鼻尖到肛门的长度可以达到170厘米，体重达80千克，雌性鬣狗比雄性还要更大一点儿。斑鬣狗在奔跑捕捉猎物的时候经常会发出令人毛骨悚然的怪叫声，类似于人类在奸笑一样，因此它又有了另一个比较形象的名字——笑鬣狗。

斑鬣狗的战斗力惊人，上下颚的咬合力可以达到700千克，换句话说，它可以一口咬断野牛的大腿骨！斑鬣狗的嗅觉非常灵敏，超出人类几十倍。在非洲，是仅次于狮子的第二大强势集团，经常依靠群体的力量哄抢狮子或者鳄鱼的猎物。所以，当狮子、豹和其他一些猛兽追逐羚羊时，狡猾而又胆怯的鬣狗总是等在一旁，然后竭力从它们口中抢走一块肉，或从狮群的口中分得一杯羹。常常可以看到这样的情景：狮子吞食着斑马，周围麇集着鬣狗、胡狼与兀鹰，它们用贪婪的目光耐着性子注视着兽中之王大嚼猎物，等到狮王吃完，它们就会一哄而上去吃狮子剩的残羹冷炙。

当然，像这种投机取巧的机会非常少。大多数情况下，它们都会主动出击，追捕猎物。斑鬣狗的自主捕食能力相当强，70%的猎物都是自己抓获的。它可以长距离持续奔跑，性情凶猛，能够成群捕食较大的猎物，是非洲除了狮子以外最强大的肉食动物。斑鬣狗在追逐猎物的时候主要靠配合和毅力。在它们靠近时，猎物通常会逃跑，斑鬣狗习惯长久地追逐。在它们的追逐下，猎物中那些年老多病或者年幼体弱的成员就会落在后面，这时候斑鬣狗就会抓住时机，采取分路包抄的策略：一些从两侧包围，一些跑到前面拦截。最后，其中一个抓住猎物，其余的一拥而上，将其杀死！

斑鬣狗的孕期一般会持续110天，随后雌性鬣狗就会寻找一个隐蔽的地方生产幼仔。斑鬣狗的幼仔非常奇特，它们出生时眼睛就是睁开的，而且已经长有锋利的牙齿。更奇怪的是，它们并不像其他动物的宝宝一样相互依偎取暖，或者寻找奶头，而是相互战斗！有时候，强壮的甚至会残忍地杀死虚弱的同胞兄弟姐妹。这样，能活下来的，都是些最强悍的家伙！

对于大多数哺乳动物来说，当幼仔长到一定大时，妈妈都会带回来一些生肉给它们吃，但是斑鬣狗养育幼仔的方式却截然不同。它们会一直哺乳，至少会哺乳9个月，直到母乳枯竭为止。当没有奶水可吃的时候，小斑鬣狗就会对母亲发

交配

正在迁徙的大象

脾气甚至撕咬母亲。对此，鬣狗母亲不仅不生气，反而乐在其中。据说，这是斑鬣狗母亲在故意培养小斑鬣狗的索取欲望和富有攻击性的暴躁脾气。

到一岁半的时候，小斑鬣狗开始独立捕食，它们的社交技巧和捕食战略也在日常的交往和实战中日渐娴熟。雄性斑鬣狗在两岁大时，就可以离开群体，自己出外闯荡，而雌性斑鬣狗则要等到3岁左右，才会把注意力投向那些流浪到自家地盘的雄性斑鬣狗身上，挑选自己的如意郎君。当然，鬣狗的社会中并没有固定的婚配，只有永恒的竞争。

相对于脾气暴躁、残忍凶猛的斑鬣狗来说，它的其他几位亲戚明显要温和多了。比如缟鬣狗，其分布很广，是鬣狗科中惟一能在非洲以外还可以见到的成员，但是它们的数量很少，而且性格害羞。它嗜好腐食，主要以腐尸作为食物，偶尔也会捕捉一些小动物，不过这种情况非常少见。

再有就是棕鬣狗。棕鬣狗主要分布在非洲南部，体型和习性与缟鬣狗比较接近，只不过身体要更瘦一些。它比较适应干旱地区的生活，也是著名的食腐动物，有时甚至会吃一些水果。这一点儿似乎让人感觉很不可思议，不过事实的确如此。

最后一位就是土狼了。土狼的体型较小，而且几乎只以白蚁为食。它主要分布在非洲东部和南部的广大地区。它们的内心似乎对角马和羚羊这样的食草动物充满了感激，因为是这些食草动物把草啃短了，为土狼在夜间收获白蚁提供了方便。不过，随着冬季来临，白蚁开始闭门不出，这时候土狼就得挨饿。它们一个冬天几乎要失去身体重量的四分之一！

总之，这样说吧，缟鬣狗和棕鬣狗的牙齿虽然对付骨头没有问题，但是并不适合搏杀，更别提和狮子一较高下了。而且，缟鬣狗和棕鬣狗虽然是以家庭的形式一起生活，但是在猎取食物的时候却是各找各的，分头行动，根本没有协同作战的配合能力。另外，从通讯角度来看，缟鬣狗和棕鬣狗也很糟糕，它们的发声不丰富。相比之下，斑鬣狗的表达方式就比较复杂，可以发出11种截然不同的叫声，这可以让它们天衣无缝地彼此呼应、配合。土狼就更不用提了，它们基本

白兀鹫

非洲水牛走出丛林享受阳光

上是沉默的，见了面只通过面部表情和肢体语言进行沟通。

通过比较不难看出，正是这些特点使斑鬣狗在强手如林、弱肉强食的动物世界里占据了一席之地，千万别对此嗤之以鼻！知道吗？看似瘦弱的鬣狗甚至也敢对水牛发起挑战。事实上，鬣狗对水牛虎视眈眈也是丛林游戏的一种。不过，水牛也不是容易招惹的动物，它们对鬣狗的群体攻击力早已成竹在胸，而且它自己也有精良的装备，一方是"狗多势众"，另一方是身单力薄，不过身高马大。这场较量，究竟孰胜孰败确实难以预料。

对于鬣狗的本事，我们早已有所了解，现在我们再来掂掂非洲水牛的分量！

非洲水牛是一种食草蹄类哺乳野生动物，牛角宽阔而且沉重。从外表看上去，它和人类饲养的水牛并没有太大分别，不过千万不要被它温顺的外表所欺骗，它的脾气暴躁，比人类驯养的水牛明显要凶猛得多，而且翻脸无情，出手丝毫不会犹豫。

非洲水牛为群居动物，每个群体的数量可以达到100头以上，有时甚至多达500头。它们主要以杂草为食，平均每天有8到10个小时都在忙着进食，然后会把食物再进行反刍。有时候，公牛会离开群体单独行动，这时候它的攻击性非常强，就算是非洲狮也不敢轻易去招惹水牛。

牛群中执掌大权的通常是最强壮的母牛，它们担任族群的领袖，统领牛群。当然，权利和义务是相对的，作为牛群的老大，它当然享有食用最好草粮的权利。

雌性水牛通常在5岁左右开始生产第一胎，而且在来年生产。雄性大概在7岁的时候开始交配。雌性水牛的怀孕期一般为330天到345天，新生小牛平均重达45千克，出生几个小时后就可以自己走动，这完全是适应自然的结果。尽管如此，小牛的夭折率非常高，几乎有80%的小牛都无法逃脱其他捕猎者的魔掌。小牛在10个月大的时候开始断奶，15个月大左右便会被逐出牛群，这时候它们只能独自游荡，或者投靠其他的同龄牛群。

顾名思义，非洲水牛自然离不开水，每天至少要喝一次水，而且从来不会远离水源。它们是夜行动物，白天由于烈日炎炎，温度太高，它们通常都躲在阴凉的地方或者泡在水池或泥泞中，使身体凉快一些。

非洲水牛主要分布在中非和东非地区，栖息地通常选择在附近有水源和阴凉处的丛林、草原或热带稀树大草原。它是非洲最危险的几种动物之一，其他包括大象、黑犀牛、河马和鳄鱼。同时，它也是非洲伤人最多的动物之一。受伤、落单或者带着小牛的母牛尤其具有攻击性，比狮子更具危险性。

双方对彼此的底细都很清楚，"不怕一万，就怕万一"。鬣狗很好地贯彻了人类的这一条原则。虽然非洲水牛是孤身奋战，而且一只牛角还出现了破损，但是鬣狗经过再三考虑，最终还是决定放弃这次机会，毕竟稍有差错的话，惹来的可是杀身之祸。折腾了这么长时间，鬣狗们仍然一无所获。现在，它们喜欢投机取巧的想法又占据了上风，而眼前正在捕猎的雕鸮正好可以为其提供现成的美餐。它们开始慢慢靠近雕鸮，准备趁火打劫。对这一切，雕鸮始终一无所知，它的心思正集中在猎物身上，能否大功告成就差这最后一击了。

非洲水牛和黄嘴牛椋鸟是一对默契的搭档　　　　　愁眉苦脸的非洲水牛

雕鸮别名恨狐，属于鸟纲、鸮形目、鸱鸮科。

雕鸮是一种大型猛禽，体长55～70厘米，体重1 000～2 200克。雕鸮的头部较大，喙强健，呈黑褐色，上喙呈向下弯曲的利钩状，两耳羽突长约50～60毫米，前面为棕色，后面呈黑色，两眼大而圆，正视前方，虹膜为金黄色，眼睑具有白色羽纹，眼后具黑色斑纹，眼周长着放射状的细羽，构成了淡棕黄色的面盘。上体羽为棕黄色，肩羽具明显的黑褐色纵纹，第3枚初级飞羽最长，下体羽为淡棕黄色，颏、喉部和皱领羽为白色，胸部缀有粗而显著的黑褐色羽干轴纵纹。尾羽稍呈圆形，尾上覆羽为淡棕黄色，密布黑褐色波状细纹，中央尾羽暗褐色，具不规则的棕色黄斑，外侧尾羽棕黄色，具不规则的暗褐色横纹，跗部被羽。

它主要栖息在山地林间、草原裸岩或者悬崖峭壁的缝隙中间，以枯枝、叶、羽等为铺垫，它习惯于在夜间活动，主要以啮齿动物为食，比如鼠类、野兔或者雉类，有时候也会食用昆虫、小鸟、青蛙、蛇类、蜥蜴或者螃蟹。

雕鸮除繁殖季节成对外出，平常都喜欢单独活动，它的听觉和视觉在夜间非常敏锐。白天隐蔽在茂密的树丛中休息，不能消化的鼠毛和动物骨头会被雕鸮吐出，丢弃在休息处周围，称为食团。雕鸮在夜间常发出"狠、呼，狠、呼"的叫声进行联络，感到不安时会发出响亮的"嗒、嗒"声来威胁对方。

阿伯德尔国家公园的黎明景色

雕鸮的繁殖期为4～7月，大都在树洞、悬崖峭壁下面的凹处筑巢，或者直接产卵在地面上的凹处。巢内没有铺垫物，或者仅有稀疏的绒羽。每窝产卵2～5枚，边产卵边孵化，由雌鸟孵卵，孵化期为35天，孵出后的幼鸟大小不等。幼鸟出壳后需要由亲鸟喂养，在食物匮乏时，体型较小的幼鸟会被体型大的幼鸟啄死吃掉。

雕鸮的攻击性很强，在黑夜中能够敏锐地感觉到猎物的一举一动，猎物大都只有束手就擒的份。最终，雕鸮成功地捕捉到了一只埃及雁，不过它同时也意识到了鬣狗的不良居心。鬣狗本来还希望通过突袭来趁火打劫，现在雕鸮已经有所察觉，这招明显丧失了用武之地。它们今晚似乎很不走运，要想从雕鸮口中夺取猎物，那势必要经历一番恶斗。没办法，它们只能另谋他策了。

时间过得飞快，转眼天色已经亮了，动物们开始纷纷走出洞穴，或者享受阳光的温暖，或者寻觅食物。身披蓬松长毛的丛林猪自然也不例外。成年丛林公猪的身长可达1.8米，体重大约有500磅。它的体型庞大，外表丑陋，非常引人注目。但是，事实上，直到1904年，英国军官理查德·梅诺扎根才得以第一次看到它的真面目。

| 丛林猪在忙着寻找食物 | 埃及雁 | 一只幼年水羚对周围世界充满了好奇 |

丛林猪虽然外表看起来非常笨拙，不过长长的獠牙可以轻易豁开对手的身体。更何况丛林猪已经休息了一个晚上，现在正是精力旺盛的时候，而鬣狗整晚都在忙碌，到现在还饥肠辘辘。无奈之下，它们只好继续寻找猎物，正在河边喝水的非洲水羚和黑斑羚迅速吸引了它们的目光。

非洲水羚是一种主要分布在非洲撒哈拉沙漠以南的放牧羚，主要栖息在稀树草原和近水的林地附近。它的体型庞大，毛发蓬松，身体呈现为褐色或者灰色。雄性长有长而直的尖角，角上有环形排列的脊。非洲水羚有一个非常明显的标记，那就是它的臀部有一道白圈。南非人经常笑称它们是坐了油漆未干的马桶。而且，据说水羚身上还会散发出一种非常奇怪的味道，就连残忍成性的鳄鱼对此也要退避三舍。因此，在遭遇紧急情况时，水羚经常会跳到水里躲避危险。

在非洲荒漠中，水羚是一种别有特点的动物，只要看到它们，就离珍贵的水源不远了。

水羚还有一个很有特点的亲戚，那就是黑斑羚。

黑斑羚属于偶蹄目牛科，又名高角羚。它是非洲的一种食草羚，主要食用叶片，但也吃短草和果实。它们可以从食物和露水中摄取水分，因此不用像其他动物，比如角马一样进行大迁徙。黑斑羚主要栖息在非洲南部和中部，比如肯尼亚、坦桑尼亚、扎伊尔等地的森林和草原之中，尤其是森林和草原的边缘交界处。之所以选择这个地点自有它的原因，森林有助于它们隐蔽，但是一旦遭到外来威胁，它们就会奔向草原，可以说是有进有退。平时，它们喜欢成群结队地在水边活动，一个黑斑羚群体通常由15～50头羚羊组成，旱季的时候也会出现百头聚集的热闹场面。

黑斑羚的行动敏捷，奔跑起来非常迅速，称得上是非洲大草原上的奔跑健将，这也是它们重要的生存技能。另外，黑斑羚非常警觉，终日小心翼翼，惶恐不安，稍有风吹草动就会匆匆逃跑。这也难怪，就连狒狒、豺，甚至鹰和蟒蛇都

| 母子情深的黑斑羚 | 正在进食的黑斑羚 |

敢对小羚羊下手，它们的日子自然不会好过。

对于黑斑羚，最出名的还要数它们优雅的姿势和无与伦比的跳跃能力，它们似乎对自己的弹跳能力非常自信，平时总喜欢炫耀一下，急走时总是走几步跳一跳，因此又被冠以"飞羚"的雅号。在受到惊吓的时候，它们可以跳起3米高、9米远。黑斑羚的肩高大约在75～100厘米，皮毛呈金黄色、红色或红褐色，腹部为白色，两条腿上各有一条垂直的黑条纹，后蹄有一簇黑毛。雄性黑斑羚具有像小竖琴一样的角，而且只有雄性的黑斑羚才会有角。它的主要用途就是在交配季节争夺族群领袖的地位。

夜色笼罩下的国家公园

黑斑羚的寿命为12年。雄性黑斑羚在一岁半时便可以交配，但通常它们要等3岁以后、成功击败对手夺得族群领导后，才有资格跟族群内的母羚交配。4～6月是它们的交配季节，这时候雄性会整日忙于保卫领土和进行交配。不过，在此之前，它们会对雌性展开追求。黑斑羚的求偶方式非常特别，雄性在向雌性求婚时，往往是采取集体行动，会成群结队、头尾相接地绕着雌性打圈，直到获得对方首肯，双方才展开交配。黑斑羚的怀孕时间一般是180～210天，大都是单胎。在临近生产时，母羚会独自离群生产。小羚出生后的一两天内会被藏在隐蔽的地方。大自然的奇妙处是几乎所有小羚都会在数天内出生，这种"羚海战术"可以防止小羚全部被吃掉。

黑斑羚是个团结的大家族，它们进食的时候，总会有哨兵不吃不喝，负责警戒。发现危险后，它们会四散而逃，令捕食者不知所措。不过，对于那些老弱病残者来说，这往往就意味着危险。

鬣狗准备发动攻击了，黑斑羚在察觉到危险信息后开始四处奔逃，而非洲水羚依仗着自己的尖角仍然纹丝不动，它们外表看上去虽然非常平静，实际上内心却惴惴不安。不过，集体战术还是有用的，鬣狗也要权衡利弊，寻找最佳的进攻对象。但是，情况很快发生了变化。一只小水羚对眼前的危险气息毫无觉察，它

慢慢离开群体，鬣狗开始悄悄靠近。终于，机会来了！鬣狗蜂拥而上，小水羚在凄厉的叫声中四处逃跑，可惜为时已晚，这时候溺水而死对它来说或许是最仁慈的解脱。另一方，鬣狗又发出令人毛骨悚然的狞笑，似乎在炫耀自己的捕猎成功。

　　天色已经大亮，阳光升了起来。夜色下的动物们开始走回巢穴，进入梦乡。这就是发生在阿伯德尔国家公园的动物故事。它们就像人类一样，有自己的悲欢离合，有自己的喜怒哀乐，有自己的生死轮回。它们在危机四伏的环境下求生存，维持着种群的延续。当新的夜晚来临，它们又会重新登场，周而复始，这就是它们的生活，也是阿伯德尔国家公园最引人入胜的一道风景。

正在河边歇息的秃鹳

PART 05
生死两茫茫

一提到热带雨林，你首先会想到什么呢？苍翠欲滴的绿色天篷，云雾缭绕的绿色群山，又或者潺潺流淌的溪水，不计其数的野生生命。没错，这些都是它的显著特点。除此之外，你或许还知道世界上最大、最典型的热带雨林是亚马孙热带雨林。亚马孙热带雨林主要分布在世界上最大的盆地——亚马孙盆地，从亚马孙河口一直延伸到了安第斯山山脉，向北延续到了部分圭亚那高原。但是，你知道世界上第二大热带雨林究竟坐落在哪里吗？

飞流直下的瀑布

它以中非一座著名的盆地为中心，向东延伸到了维多利亚湖，向西北经过加蓬到达喀麦隆沿海，向西沿着几内亚湾形成了一条狭长的西非热带雨林带，这座盆地拥有"中非宝石"的美誉，它就是刚果盆地。

刚果盆地位于非洲中部，面积大约有337万平方千米。它是非洲最大的盆地，又称为扎伊尔盆地。整个盆地呈方形，赤道从中部横穿而过，盆地主要由古老的变质花岗岩、片麻岩、片岩、石英岩等组成。

刚果盆地的地形周围高中间低，除西南部有狭窄的缺口外，其他各处完全被高原山地所包围。它的内部是面积约100万平方千米的广阔平原，地势比较低，平均海拔只有300～500米，从东南向西北倾斜。金沙萨北部的马莱博湖

色彩艳丽的犀咲蛙

生长在树上的植物

种类各异的蝴蝶

苍翠欲滴的刚果盆地
热带雨林风景

海拔305米，是盆地的最低处。广阔的平原上点缀着刚果河以及其他一些支流，具有宽广的谷地。由于排水不畅，河水漫出河床形成了大片沼泽。此外，平原周围的孤山和丘陵高度大都在海拔500～600米，是平原和高地的过渡带。盆地边缘为一系列高原、山地。北端是中非高地，平均海拔为700～800米，是刚果河、乍得湖、尼罗河三大水系的分水岭；东南部是南非高原北端的加丹加高原，为刚果河和赞比西河的源地；西南端的隆达高原是安哥拉比耶高原的北部延伸，同时也是刚果河、开赛河和安哥拉北部各条河流的重要分水岭。

刚果盆地拥有"中非宝石"之称，这绝对不是夸大其词。这里拥有丰富的石油资源和矿产资源，金刚石、铜、锗、钴、锡、铀、锰、钽的储量都位居世界前列。另外，这里还是重要的农业区，盛产油棕、咖啡、橡胶、椰子等许多热带作物。

世界上第二大热带雨林就位于这里，其中汇聚了各种各样的奇特物种，包括10 000多种植物和400多种哺乳动物，另外还有1 000多种鸟类和200多种爬行动物，因此它又被称为地球上最大的物种基因库之一。在茂密的丛林深处，令人印象最深刻的就是到处都可以看到河流和池塘的影子，这里自然也是各种鸟类的天堂，它们中有许多长相奇特、令人过目难忘的物种，如头部酷似锤头的鸟，这一物种平时难得一见，它就是锤头鹳。

锤头鹳属于锤头鹳科，世界上仅有一种。它的外表奇特，枕部的长冠羽和嘴呈一直线如锤头状，因而得名。这种鸟全长只有50厘米，外观看起来和鹭非常相似，只不过相比之下，锤头鹳的头部和颈部较短，前三趾之间有微蹼；身体羽毛颜色大都为褐色，嘴和脚为黑色。雌雄同色，幼鸟和成鸟相差不多，只是颜色为污白色。主要分布在撒哈拉沙漠以南的非洲、马达加斯加、阿拉伯西南部，栖息在沼泽、湿地或者河岸、入海口、河漫滩。

锤头鹳通常单独或者成对生活，步行较慢，飞行时和鹭类不同，头颈伸直。锤头鹳为半夜行性动物，偶尔白天也会出来活动，不过仅仅限于日出前或者黄昏时分，主要以小鱼、蛙类、水生昆虫或者小型兽类为食。繁殖期因地区不同而有所区别，在尼日利亚是1～4月，在南非是7月至第二年的1月。

锤头鹳还因为利用小枝、泥、粪建造球状的大巢而著名，它的巢穴大都建在突出的水面的树杈上，也有的建在岩棚上。小的出入口在侧面，内部可以分成几间，直径大约为13～18厘米，长40～60厘米，就像一个隧道。锤头鹳雌雄共同造巢，大约需要一至一个半月完成，一个巢穴可以使用几年。另外，它们还是典型的"狡兔三窟"，巢穴不止一个，其中一个专门用于产卵繁殖。锤头鹳的卵为白色，每次可以产3～7枚卵，由雌雄鸟共同抱卵、育雏，孵化期大约需要50天。

外表奇特的锤头鹳

到目前为止，锤头鹳的亲缘关系还不太明朗，形态特征和鹭类相似，同时和鹳也很像。另外，它的习性和行为也很独特。总之，从各方面来说，锤头鹳是一种具有明显原始特征的鸟类，它有两个亚种，一种是普通锤头鹳，主要分布于撒哈拉以南的非洲地区、马达加斯加和阿拉伯半岛西部，翼长为297～316毫米；还有一个亚种是肯尼亚锤头鹳，和普通锤头鹳相比，它的体型稍小，颜色稍浓，主要分布于塞拉利昂到尼日利亚东南的西非热带海岸，翼长为246～286毫米。

在非洲地区，原始居民对锤头鹳都怀有一种恐惧心理。和许多中国人认为乌鸦是不祥之鸟一样，许多当地人都迷信地认为河湖干涸的时候，这种鸟就会消失，而这则意味着厄运的到来。事实上，这和它们奇异的姿态以及刺耳的叫声有不可分割的关系。锤头鹳会发出一种近似刺耳金属声的鸣叫，还会发出令人恐惧的笑声，而且在下雨前夕最爱鸣叫。

外出觅食的薮猪——濒临灭绝的物种之一

锤头鹳的确是一种奇特的鸟类,这一点早已是不可否认的事实。除此之外,这里还有其他各种各样的珍禽异兽,以及令人叹为观止的自然奇观。不过,吸引世界各地的人们前往这里的一个最大的原因,或者说最让人感兴趣的还要数这里的"小人国"。

当然,这里的"小人国"并不是《格列佛游记》中的小人国,它指的是生活在非洲中部热带丛林中的最原始的种族之一。之所以称这里是小人国,原因就在于这个种族的成员身材都非常矮小,成年男性的平均身高不足1.5米,他们就是俾格米人。

"俾格米"一词来自于希腊文,是"拳头大小"的意思。和世界各地的其他民族一样,它的历史非常悠久,非洲的许多民间传说和古典作品中都曾经提到过他们,据说每年冬季都会有仙鹤光临他们的家乡。有关俾格米人的文字记载最早可以追溯到金字塔时代,也就是公元前3000年的古埃及碑文中,法老们曾经派商队前往南方,除带回所需要的东西之外,还从"妖精的地方"带回了一个"会跳舞的小矮人"。此后,在古希腊的史料中,人们就把这个矮小人种称为俾格米人。据一些考古学家们的考证,俾格米人早在非洲石器时代的后期就已经出现了,至今已有6 000多年的历史。他们最初的居住地很可能就在尼罗河的发源地。

俾格米人是尼格罗－澳大利亚人种的一个种族类型,在非洲的被称为"尼格利罗人",在亚洲安达曼群岛、马来半岛、菲律宾的则被称为"尼格利陀人"。这两个词都源自于西班牙文,意思是"小黑人"。现在说到俾格米人,一般指的都是非洲的尼格利罗人,而且他们主要分为四大群体:赛加人、特瓦人、羞色拉人和姆布带人,分布在几内亚、喀麦隆、加蓬、刚果、安哥拉、扎伊尔等国家。

俾格米人在很久以前就生活在非洲中部,是史前桑加文化的继承人。班图人的扩散迫使他们退入中非的热带森林中，这些地区现在由扎伊尔等国家管理。正是由于这样的历史原因，俾格米人丢掉了自己的语言。另外，经过人类学家的研究证实，他们的身体矮小并不是长得畸形，而是这个特殊人种本身的特点所决定的。男子的平均身高只有1.42～1.45米左右，最高不超过1.50米，而妇女则更矮一些，是名符其实的非洲"袖珍民族"。

和一般黑人不同，俾格米人的皮肤并不是黑色，而是一种淡淡的浅棕色，人类学家认为这是由于他们生活的自然环境造成的。他们中有的肤色黑中透红，有的黑中透黄，身上覆盖着一层薄薄的汗毛；头发黑而卷曲，鼻翼较宽，鼻梁低平，眼睛大而突出，面部短而阔，颌部突出，头部为短头型，嘴较宽，而唇比较薄，胡须不算发达。和其他非洲民族相比，他们面部的一个重要特点就是毛发相当发达。另外，从整体来看，俾格米人头大腿短，身体较瘦，肚子尤其比较突出，肚脐眼部位更是会凸起鸡蛋大小的肉疙瘩。

在日常生活中，俾格米人无论男女都习惯于一丝不挂，妇女偶尔会在下身兜一块树叶或者兽皮来遮羞。另外，俾格米人也有自己的审美观。他们用芭蕉叶、棕榈叶来制作衣料，用象骨、甲虫、羚羊角、龟背壳等制作成项链、手镯等。除此之外，他们将采集到的各种野果子捣碎，把汁液与妇女的乳汁混合在一起，用作化妆品。由于野果的种类不同，颜色各异，所以配制出的化妆品五颜六色，非常抢眼。俾格米妇女喜欢浓妆艳抹，她们在脸部绘上各种几何图形，以增加美感，驱妖祛邪，同时用来表示吉祥美好。

俾格米人的音乐天赋很强，被认为是"灵魂深处的音乐家"。不管妇女和姑娘们走到哪里，远远都能

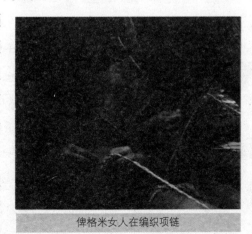

俾格米女人在编织项链

| 俾格米人正在采集树叶 | 俾格米女人在忙着建造茅屋 |

听到她们快乐的歌声。她们的歌声连续不断，不管是为了驱赶动物，还是为了吸引男性，都表达了快乐的情感。

俾格米人以氏族作为最基本的社会单位：男人以氏族为单位进行活动，没有私有观念。他们没有自己的文字，也没有数字和时间概念。俾格米人盖房不用砖瓦和沙石，他们就地取材，用芭蕉叶或棕榈树的枝叶，搭成高约1.5米的椭圆形简陋茅屋。茅屋按小群落整齐有序地搭建，各家独立，又户户相连形成一个圆圈，长老的住房位于圆圈的中心。每个家庭的茅屋面积大约有五六平方米，屋中间的石头上生着一堆火，上方架着泥罐子，树干横在地上当凳子，墙上挂着弓箭、兽皮、象牙、羚羊角，除此之外没有太多家具。平日里，一家人都睡在用兽皮和杂草铺就的地上。

在凝胶状泡沫物中产卵的青蛙

俾格米人发育快，八九岁时性功能就已经发育成熟，开始过性生活。和现代社会一样的是，他们也实行一夫一妻制。一旦结婚，夫妻间会绝对忠诚于对方。

俾格米人不信宗教，却崇尚森林。他们把森林视为"万能的父母"，平时也喜欢以"森林的儿子"自称。事实证明，他们的确只属于森林。这是因为，几千年来，祖祖辈辈的丛林狩猎生活，使俾格米人在与大自然的斗争中形成了独特的体魄、意识和身体素质，尤其是不同于其他民族的消化系统功能。一旦离开森林，他们的身体功能——特别是消化系统的功能就会失调。所以个别跑出丛林嫁到森林外面世界去的俾格米女子，过不了多久就会患上一种奇怪的疾病而死去。因此，俾格米女子很少与异族通婚。

俾格米人还有一条非常奇怪的规矩。他们不允许砍伐生长着的树木，只有枯干的树枝才可以用来取暖或者做饭。过去曾经有一支西方探险队到达俾格米人居住区，最后因为随意砍下树枝而被愤怒的俾格米人赶出了居住区。

生活在热带雨林中的俾格米人至今仍然过着石器时代的狩猎和采集生活，男性大都是捕猎高手，他们会身背自制的长弓短箭，出入热带原始森林捕猎。他们的听觉、视觉和嗅觉都非常灵敏，如果一只蜜蜂在距离他们10米外的地方飞过，他们也能准确地说出蜜蜂的种类和雌雄。怎么样？听起来是不是有点儿武林高手的感觉！在男性外出捕猎时，女人则负责采摘野果，抓蛇捕鱼，种植一些木薯、香蕉等。

爬树的俾格米人

不为人知的奇特青蛙物种

外出狩猎的俾格米男人

男人在每次集体出征狩猎之前，都要在距离草棚300米远的地方燃起"猎火"，用烧过的树枝敲打猎网和树干，同时向森林中的诸神祈祷，希望神灵保佑他们出师顺利，满载而归。捕获猎物之后，他们首先会把较大的猎物的头砍下来，奖给出发前点燃猎火的人；体型中等的猎物，他们会分成四份加以熏制，小的猎

雄性灰颊犀鸟在喂养雏鸟

物则完整地进行加工。他们精心制作肉类，主要是为了和附近的农耕部族交换农产品和生活必需品。至于剩下的其他部分，比如内脏和蹄子部分，他们会当天吃掉，而且这些东西不仅会平均分给每个捕猎者，没有加入捕猎的家庭也都是人手一份。

在俾格米人狩猎的一生中，捕猎大象被看成是一种十分危险的壮举，因此，多次捕获到大象的人会被看作是顶天立地的英雄"图麻"，这是俾格米狩猎人一生中最高的荣誉。在捕获大象之前，猎手们要跳"大象舞"：由一个人扮成大象，象牙用举起的双臂代替，他的动作非常逼真，惟妙惟肖，其他人则做着各种狩猎的动作，展示即将在猎场上出现的惊心动魄的场面，以增强人们的信心，保证狩猎获得成功。

除了捕猎所得外，俾格米人喜欢盐，尤其爱吃白蚁。白蚁出洞，预示大雨将临。每当天气闷热，即将下雨时，俾格米人就去寻找出洞的白蚁，一边捉一边吃，嚼得津津有味。事实上，这片热带雨林里生活着蚂蚁家族的许多成员，白蚁只是其中之一。对于他们嗜好吃白蚁的事实，这对于我们来说可能有些难以想像。白蚁到底是什么样子呢？俾格米人为什么把它们作为美味呢？我们不妨来看看白蚁的庐山真面目。

白蚁，又叫虫尉，属于等翅目社群性小昆虫，在世界各地共有大约3 000个种类，其中绝大多数分布在赤道地区。东洋区种类最多，大约有1 000种左右，是白蚁分布的中心；其次是非洲和南美洲一带，共有将近1 000种。另外，澳大利亚大概有200种。少数种类分布在北美及亚洲北部，以及欧洲地中海沿岸。我国已知的等翅目昆虫，也就是白蚁共有4科43属522种，主要分布于华南一带，大部分种类分布于云南、海南、广东、广西及福建、台湾诸省，不少种类出现于长江两岸，某些类群可以延伸至华北以及东北的辽宁等地。

白蚁的身体柔软而且比较扁，颜色主要有白色、淡黄色、赤褐色或者黑褐色，这和它的名字显然有些名不符实。事实上，白蚁的种类不同，体表的颜色也不一样。白蚁的口器是典型的咀嚼式，触角呈念珠状。它主要分为长翅、短翅和无翅型三种类型。长有翅膀的种类有两对狭长膜质翅，翅的大小、形状以及翅脉序都相似，因此又被称为等翅目。另外，白蚁的翅经过短时间飞行后，能够从基部特有的横缝处脱落。

白蚁在地质历史上可能很早就已经出现了，但是早期的原始白蚁化石至今尚未找到。人们经常会把白蚁和蚂蚁相混淆，两者虽然都属于社会性昆虫，但是在昆虫分类上却相差甚远。首先，白蚁属于等翅目，蚂蚁属于膜翅目。其次，它们在形态上也有明显的差异，蚂蚁的前翅明显大于后翅，而白蚁则是前后翅等长。除此之外，蚂蚁属于高等昆虫，和蜜蜂近缘，距今只有大约 7 000 万年的历史，而白蚁属于比较原始的低等类群，与蜚蠊近缘，它的历史要悠久得多，称得上是迄今为止地球上最古老的社会性昆虫。

白蚁群体的等级制度发达，而且个体之间都具有复杂的分工。在一个群体内的个体，从形态和分工上可以分为两大类型，也就是生殖型和非生殖型。

| 浩大的白蚁大军 | 长毛粗针蚁 |

　　所谓的生殖型主要指有性的雌蚁和雄蚁,它们的职责是保持旧群体和创立新群体,在这个类型中又分为三个品级,一种是大翅型或者有翅型,它们的体色呈黄色、褐色或者黑色,有两对发达的翅,脱翅后可以成为创立新群体的父蚁和母蚁。每年春夏之季,当下过雨后,大量的长翅繁殖蚁突然从蚁巢中飞出,在离巢不远处的建筑物附近低飞,飞行时间很短,这种现象被称为婚飞或者群飞。顾名思义,它们是在自由选择对象。如果双方情投意合的话,它们会落到地面,各自脱掉翅膀,雌雄成双追逐,通常为雌前雄后,完成婚配大事,然后是寻找合适的场所,建筑新巢,产卵,繁殖后代,重新建立新的群体。这对新婚的雌雄白蚁,就是未来新群体的母蚁和父蚁,也就是新群体中的蚁后和蚁王。另外,还有短翅型以及无翅型,无翅型也属于补充生殖蚁,完全是无翅个体。

　　除此之外还有非生殖型,也就是那些没有生殖能力的白蚁,它们没有翅膀,生殖器官已经退化,主要担负劳动和作战的任务,因此又有工蚁与兵蚁之分。工蚁在蚁群中的数量最多,巢内的各种繁杂工作都由它们担负,比如建筑蚁冢、开掘隧道、修建蚁路、培养菌圃、采集食物、饲育幼蚁与兵蚁、看护蚁卵,等等。在某些没有兵蚁的种类中,它们还要担负抵御外敌、保护家园的任务。兵蚁同样没有生殖能力,不过它具有雌雄之分。兵蚁的头部长且高度骨化,上颚发达,已经失去了取食能力,主要用来防御敌人。另外,它们还经常用上颚来堵塞洞口、蚁道或者王宫入口。由于兵蚁不具备取食能力,它们只能由工蚁来饲喂。兵蚁又分为两种类型,一种是大颚型兵蚁,顾名思义,它们的上颚具有非常奇异的形状,就好似一把二齿的大叉子。另外一种是象鼻型兵蚁,它们的头部延伸成象鼻状。在和敌人搏斗时,它们可以喷出胶质分泌物,令敌人防不胜防。

　　不同的种类,生活习性也截然不同,因此白蚁按生活习性又可以分为两个类别。一种是木栖性白蚁,这种白蚁群体大小不一,主要栖息在腐木或者其他木质建筑物,比如木制门窗、木制地板、木制屋、铁道枕木、木制桥梁、枯树等的啃空部分。它们会破坏木质纤维,是木材制品的大害虫。当木材被蛀变空之后,建

筑物很容易倒塌。另外一个种类是土栖性白蚁，这种白蚁主要在地面下或者土丘中筑巢，巢穴高出地面成塔状，称为蚁冢。土栖性白蚁主要以树木、树叶和菌类等为食。

说到白蚁的进食习性，历史上还有一段非常有趣的故事。据记载，公元1684年某衙门银库发现数千两银子失踪，官员们到处寻找，始终没有线索，后来在墙壁下发现了一些发亮的白色蛀粉，并在墙角下挖出了一个白蚁窝。众官员将白蚁放进炉内烧死，结果烧出了白银。至于记载的内容是否属实，我们无从确定，不过近年来有关白蚁蛀食金属和电缆的事却经常可以在媒体上看到。

不言而喻，白蚁的危害确实很大，但是它们的建筑才能却又不得不让人大为惊叹。白蚁巢的高度可以达到7.5米，对人类而言，这就相当于建筑将近10 000米高的摩天大楼。由此可见，我们习以为常、引以为傲的杰出建筑和这些动物的建筑相比，简直是小巫见大巫，甚至可以说根本不是一个等级。更重要的是，有些蚁巢可以维持100年屹立不倒，其中的奥秘就在于它们使用了一种特殊的建材——泥土和白蚁唾液的混合物。尤其值得一提的是，每个白蚁巢都是根据其周围环境而度身定造的。在雨水丰沛的地区，白蚁会在蚁巢上方建造一个伞状顶，而在降雨稀少的地区，白蚁会在地下开挖出总长超过38米的隧道来汲取地下水。至于它的内部结构，科学家们发现这些微型建筑内部包含复杂精密的空调系统，纵横交错的管道能够保持巢穴内的空气流通，带孔的管道可以排出废气，引入新鲜空气。

蚁巢——动物王国中的摩天大楼

白蚁的确称得上是有名的建筑高手，不过它的另一位亲戚也毫不逊色，那就是大名鼎鼎的火蚁。从危害程度来说，火蚁显然更加厉害，称得上是人见人怕的昆虫之一。

火蚁是一种原产于南美洲巴拉圭和巴拿马运河一带的昆虫，体表为红褐色，身体长度在0.3～0.6厘米，主要分布在巴西、巴拉圭和阿根廷等国家。它和一般蚂蚁差不多大小，而且和蚂蚁是近亲，不过它不是一种普通的昆虫，而是世界上100种危害最严重的著名入侵生物之一。

火蚁的进攻性很强，它在进攻的时候可以射出比自己身体还长的毒刺。火蚁很少单独出击，它们能把土壤中的土栖性动物捕食殆尽，对土壤的破坏非常严重。另外，它们还会食用农作物的果实、幼芽和根茎，给农业带来巨大损失。火蚁对其他动物的危害也很大，进攻时会将带毒的针刺扎入受害者的皮肤，让人产生灼烧般的疼痛，并会导致水泡出现。它之所以被称为火蚁，很大程度上是因为人被蛰伤后会产生火烧火燎的感觉。事实上，蛰伤并不致命，要命的是由此引发的感染。通常，在受到火蚁攻击后，患者都会表现出恶心、头晕眼花、全身发抖的症状，严重时还会引发死亡。更可怕的是，火蚁对现代科技成果也开始发起进攻，被电路击死的火蚁能够放出信息素召来火蚁大军引发更大规模的短路。

不管是白蚁还是火蚁，它们都给人类的生命和生活安全带来了威胁，许多人

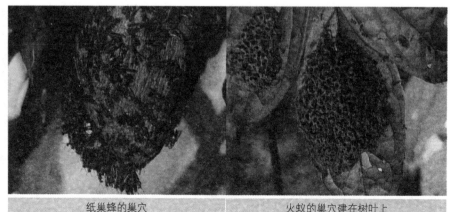

纸巢蜂的巢穴　　　　　　　　　　火蚁的巢穴建在树叶上

对它们都欲除之而后快。俗语说"己所不欲，勿施于人"，但是人类在这方面做得显然不够好。由于采伐过度，非洲仅存的这片横穿其中部的原始森林正在以惊人的速度消减。20世纪初，非洲热带雨林资源还很丰富，是仅次于拉丁美洲的世界第二大热带雨林区，森林覆盖率达60％以上，而现在森林覆

原始森林在现代机械面前轰然倒下

盖率已经不到10％。联合国粮农组织最近的调查结果显示，这一地区的森林采伐速度已经超出了森林再生能力的极限。对于非洲的大规模破坏行为，世界银行、食品和农业组织以及欧洲共同市场发展基金会等国际组织都负有不可推卸的责任。

随着森林面积的大量减少，大量的野生物种开始濒临灭绝的边缘，就连俾格米人也面临绝种的危险。改善俾格米人的生活、保护珍稀人种已经引起了国际组织的重视。尽管有些国家对生活在本国的俾格米人实行了特殊的待遇和政策，动员他们离开原始森林，过普通人的生活。但是，绝大多数俾格米人仍然依恋祖先的生活方式，喜欢继续过封闭的原始生活。

2006年3月5日，中部非洲七国总统在刚果共和国首都布拉柴维尔表示，他们将积极采取措施建立一个地区组织，保护刚果盆地的物种多样性。同时，他们呼吁国际社会，尤其是巴黎俱乐部的发达国家能够免除中部非洲国家的债务，帮助这些国家推进保护森林生态系统的项目。七国总统认为，有关各国有必要改善政府管理，打击非法的森林开采和贸易活动。他们承诺，将推动有关各方的相互对话，特别是与森林地区的居民开展对话，使各方共同参与森林的管理，实现可持续发展。

不管怎样，热带雨林都是世界上最完善的生态系统，同时也是一个非常脆弱

的生态系统。在热带雨林中，各种各样的生命已经达到了一种微妙的平衡，一旦遭到破坏，整个系统需要很长的时间才能恢复。热带雨林物种丰富而个体稀少的特征使面积不大的热带雨林遭到破坏，也导致众多物种的灭绝。但是，人类以发展经济为名进行的各项活动正在使热带雨林，这种世界上最完善的生态系统处于空前的危机中，而一旦这种最完善的生态系统遭到大规模破坏，人类自己也将同样处于生存的危机之中。

PART 06
岛国居民

说到海地岛，许多人对这个岛国可能都不太陌生。它原是印第安人阿拉瓦克族人的世代居住地。1492 年 12 月 6 日，哥伦布在首次航行途中意外地发现了这座岛屿，便将其命名为伊斯帕尼奥拉岛，也就是所谓的"小西班牙"。

　　伊斯帕尼奥拉岛是加勒比海的第二大岛。如今，这个岛屿分属于海地和多米尼加两个国家。伊斯帕尼奥拉岛形成于珊瑚石灰之上，独特的构造力使得悬崖足足高出海平面 3 000 米。珊瑚石灰相对比较软，因此很多地方已经被挖空，形成了一个个大山洞。有些山洞里还有地下湖，而在岛屿的南部，高耸的山脉截断了信风，形成了一大片仙人掌的海洋。

伊斯帕尼奥拉岛的自然风光

伊斯帕尼奥拉岛的地下湖

　　其实，无论是岛国海地，还是多米尼加，它们都具有自身独特的自然环境，比如位于多米尼加岛南部火山区山谷中的沸湖就是令人叹为观止的自然奇观。湖长不过 90 米，但是又陡又深，离岸不远处，湖水已深达 90 米。沸湖是由一眼间歇泉形成的，在湖底有一个圆形喷孔，当喷泉停歇时期，湖水因缺乏水量补给而干枯。喷发时则地动山摇、群山轰鸣，热流从湖底涌出，湖面烟雾缭绕，热气腾腾，有时还会形成高达两三米的水柱，冲天而起，蔚为壮观，"沸湖"也由此得名。由于沸湖周围地区长期受含硫气体及其他一些有害气体的影响，动植物的生长繁殖受到很大影响，大片植被被毁，景色荒凉，所以被称为"荒谷"。

相比之下，伊斯帕尼奥拉岛则要富饶得多。在这里，各种各样的鸟类和爬行动物随处可见，蜥蜴的种类更是多种多样，伊斯帕尼奥拉岛上共生活着两种鬣蜥，其中一种是长着红眼睛的里科迪鬣蜥，它们看上去有点儿像恐龙时代的幸存者；另外一种的眼睛为黑颜色。当然，其中最珍贵的还要数犀鬣蜥。

相互争斗的鬣蜥

不过，我们最好还是来个提纲挈领，由它的大家族说起。典型的鬣蜥亚目成员背上有鬣鳞，这一点儿和楔齿蜥有些相似。它们的四肢完整，不少种类还可以变换身体颜色。鬣蜥亚目下面又可以分为3个或者更多的科，主要分布在热带和亚热带地区，其中美洲鬣蜥科主要分布在新大陆，而另外两个科限于旧大陆。和其他亚目相比，鬣蜥亚目的树栖和水栖成员相对更多一点儿，但是也有不少是陆栖成员。

美洲鬣蜥科又称鬣鳞蜥科，是爬行动物中的大科，大约有54属、550～880种，主要分布在从加拿大西南部到美洲最南端的地区。它的下属成员非常复杂，又可以分成8个亚科。其中，美洲鬣蜥亚科共有10属、36～38种，主要分布在美国南部到巴拉圭之间的美洲大陆，加勒比海诸岛以及加拉帕哥斯群岛，一些美洲体型最大和最著名的蜥蜴就分布在这里，比如绿鬣蜥和海鬣蜥。

绿鬣蜥大概是世界上最广为人知的一种蜥蜴。幼年鬣蜥的体色为亮绿色，中间夹杂有蓝色的花纹。等长成之后，它的体色会变得暗淡。成年绿鬣蜥的身长一般在100～180厘米，尾长相当于身体的两倍，体重可达8千克。一些雄性的前肢为亮橙色，头部的颜色较淡。它主要有两个亚种，中美洲绿鬣蜥的吻端有类似角一样的小突出物，另一种是南美洲绿鬣蜥，它的吻端则没有突出物。

成年的绿鬣蜥主要以各种叶子、嫩芽、花和果实为食，水分来源主要是食物，有时也喝枝叶上的水滴。不过，它的幼体或者亚成体则大多以昆虫为主食。绿鬣蜥每天的活动主要是吃。从早上开始，它就会爬到树枝上享受数小时的日光浴，等到把身体晒暖后再到各处觅食，然后继续爬到树上晒太阳，因为它们需要足够的温度才能把吃下的食物消化掉。在发情期，雄鬣蜥会到处寻找雌鬣蜥来交配，而雌鬣蜥会尽量躲藏。另外，雄性美洲绿鬣蜥都具有很强的领地意识。如果有两只绿鬣蜥狭路相逢，它们会做出一些展示动作，比如摆动头部及摇晃喉部垂肉，同时侧对着对手，且站高一点来使自己看起来更加强壮。它们的尾巴既是防御的武器，又是游泳时的重要工具。

如今，越来越多的绿鬣蜥被人们当作宠物饲养，这可能和它们独特的外表有关。事实上，要说起鬣蜥家族中最有个性的成员，其实还要数海鬣蜥。

首先，海鬣蜥的生长区域就非常与众不同，它只生活在加拉帕哥斯群岛。海鬣蜥的外貌看起来就像史前时期的爬行动物，样子令人生畏，甚至有人把它们称作"龙"。海鬣蜥是世界上惟一能够适应海洋生活的鬣蜥。它们和鱼类一样，可以在海洋里自由游弋。

成年海鬣蜥的体长可以达到1.5米，尾巴扁平、长度相当于躯干的两倍。在游泳的时候，长长的尾巴能够给它提供足够的动力。它们的爪子比较锋利，而且呈钩状，这样，它们不仅能牢牢地攀附在岸边的岩石上，还能在洋流涌动的海底到处爬来爬去，寻找食物。海鬣蜥的全身都是深灰色。但是，求爱期间的海鬣蜥的身体颜色会从灰色变成黑色，而且身上会长出红色的斑点。

海鬣蜥主要以海藻、其他海草和甲壳类动物为食，有时也会把各种软体动物作为美味,甚至还经常下海去捕食。海鬣蜥吃食海藻的时候会摄入过量盐分,不过这对它不是问题,它可以通过一种特殊的方式将多余的盐分排出体外。它的鼻子里有一个特殊的部分叫作盐腺,可以在咀嚼过程中,将食物中过量的盐分分离出来,然后排出体外,有时候看起来这就好像脏兮兮的"鼻涕"一样。

为了适应潜水的需要,海鬣蜥的身体还进化出了很多不同于其他蜥蜴的特征。比如,为了减少潜水过程中的热量散失,它们可以自动调节心律、降低血液循环的速度。下潜时,它们的心律减慢;升到水面时,心律加快。在预感到鲨鱼即将来临时,它们甚至可以立即停止心脏跳动,使敌人不易发现它们。据说,它们的心脏停跳时间可以长达45分钟。

随着繁殖季节的来临,海鬣蜥会在海滩的沙地上挖掘一个30厘米深的坑,然后雌性海鬣蜥会在坑里产下2~3枚卵。经过4个月的孵化之后,小海鬣蜥就可以出生了。

另外,有必要提一下的是,栖息在加拉帕戈斯群岛的海鬣蜥共可以分为7种。位于群岛东南部西班牙岛的海鬣蜥与群岛的其他6种鬣蜥具有明显的差别,这种海鬣蜥的雄性身上有红、黄、黑三色相间的斑点,另外腿、足和冠都呈暗绿色,而群岛中其他岛屿的海鬣蜥身上没有花斑,通身呈绿色或黄色。还有一点儿不同的是,西班牙岛的雌性鬣蜥在产完卵后并不会马上离开巢穴,而是呆在里面继续看守自己的卵,直到小鬣蜥孵化为止。其他岛屿的雌性鬣蜥则不同,它们在产完卵后,通常用土把洞穴口一堵就离开了。

绕了这么一大圈,我们最后还是言归正传,来了解一下这里最著名的一种蜥蜴:犀鬣蜥。

犀鬣蜥又名海地犀鬣蜥、岩鬣蜥、犀牛鬣蜥,属于鬣蜥科,主要分布在西印度群岛的海地、多米尼加共和国以及波多黎各等地。

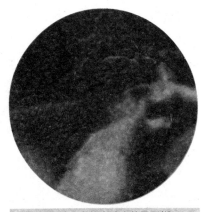

伊斯帕尼奥拉岛珍贵的犀鬣蜥

| 犀鬣蜥在举头仰望 | 若隐若现的美洲鳄 |

　　犀鬣蜥的外表非常显眼，由于眼睛前方有类似于犀牛角般的3～5个隆起鳞片，因此得名犀鬣蜥。它的身体长度有120厘米，头部和躯干部很大，头后部有两块增大的隆起物，四肢强壮，体型笨重。成年犀鬣蜥的体色几乎全部为灰色，而幼年犀鬣蜥的身上则会有一些不明显的单色横带纹。它的尾部强壮，并且覆盖有棘状的大型鳞片，鳞列间另有至少1列以上的小型鳞片。

　　犀鬣蜥为卵生动物，在5～8岁时达到性成熟，繁殖期通常在4月，交配可以持续15～20天。雌性犀鬣蜥通常在7～8月开始挖洞产蛋，每次可以产5～19枚，孵化期为160～190天。

　　除了犀鬣蜥之外，美洲鳄也非常珍贵。如今，它们的身影只有在中美洲和南美洲的某些地区才可以见到。在恩里基约湖，甚至在整个多米尼加共和国，它们都是受保护的。

　　美洲鳄是一种体型较大的鳄鱼，平均身长为3.4米，最长可以达到6米以上。美洲鳄是鳄亚科中分布最北的成员，最北可到达美国佛罗里达南部，向南经中美洲、西印度群岛到达厄瓜多尔和秘鲁，通常栖息在海湾、泻湖、河流、湖泊等不同水域，而且可以像湾鳄一样穿越较宽阔的海面。美洲鳄通常在河流边的沙岸上挖洞产卵，以鱼、哺乳动物、鸟、龟等为食。

事实上，伊斯帕尼奥拉岛虽然有大量的鸟类和爬行动物，但是有一点儿绝对会让你大吃一惊，因为这里除了一种名叫沟齿鼠的啮齿类动物外，居然没有其他哺乳动物了！相信这一点儿绝对会让你始料未及！

沟齿鼠是一种夜间活动的小型哺乳动物，主要以昆虫和蠕虫为食。它的外形有些像地鼠，皮毛呈棕褐色，口鼻部和猪非常相似。它最大的特点是长着一个细长的粉红色的尖鼻子，最长可达49厘米。沟齿鼠非常善于挖洞，白天藏在地洞里，因此很少被当地人看见，夜间则出来捕食各种昆虫及其幼虫。

沟齿鼠主要生活在古巴和拉丁美洲印度群岛的加勒比海岛屿上。沟齿鼠的下颌具有锋利的牙齿，这一点儿不足为怪。但是，真正令人吃惊的还在后面，它在咬住猎物的时候会从锋利的牙齿中释放出致命的毒液，就像某些毒蛇一样。这些毒液可以迅速让猎物瘫痪，不过沟齿鼠通常不会立即把猎物置于死地，而是把猎物"保存"起来，等到饥饿时再享受美餐。

世界上现仅存有4种使用毒液的哺乳动物，除沟齿鼠之外，包括北美洲短尾地鼠、欧洲水鼠和澳大利亚鸭嘴兽。

为什么现今只有为数不多的哺乳动物使用毒液？这一点多年来一直困扰着生物学者。根据对6 000万年前一具牙齿化石的分析，研究人员得出结论：使用毒液其实是早期哺乳动物猎食和防御的致命武器，而且这一特性还普遍存在于哺乳动物之中。至于后来哺乳动物使用毒液的本能行为为什么会逐渐消失，科学界还没有找到任何线索。

阴影下的钝尾鹦鹉

貌不惊人的沟齿鼠不仅让整个科学界陷入了思考，也让世界各地的人们大吃一惊。除此之外，加勒比海的许多岛屿都拥有独特的鹦鹉种群，比如钝尾鹦鹉，不过它们之间大都是老死不相往来。和这些与众不同的鹦鹉一样，这里早期的土著居民也都过着与世隔绝的生活。当500多年前，哥伦布的船队来到加勒比海沿岸的时候，招待他们的民族就自称"泰诺人"。这个爱好和平的种族热情诚恳地接待了远道而来的白人。当时，生活在岛上的泰诺人大约有60万，但是随着西班牙征服者的入侵，在不到13年之内，这个土著民族就彻底从历史的长河中消失了。如今，多米尼加共和国拥有近700万人口。这些人的血管中流淌着不同种族的血液，有西班牙人的、欧洲其他征服者的，最主要的还有当年在此为奴的非洲人的。

这些当地人的生活并不富裕。几百年来，他们一直依靠种植甘蔗为生。青绿色的甘蔗地简直一望无垠，但是现在甘蔗在国际市场上已经不那么畅销了。原先进口蔗糖的国家纷纷发展了自己的制糖业。美国人从玉米中提炼糖，而欧洲人则找到了甜菜。随着糖价的下跌，很多人被迫面临失业，失业率开始不断增长；而与此同时，这个国家的人口却在以每年大约3%的速度增长。如果这里的农民放弃这大片的甘蔗地，转为生产咖啡或可可豆用以满足国内需求，并且在可用耕地上种植水稻、玉米、豆子、红薯和香蕉，他们的日子也许会好过得多。但问题是，可用的耕地并不多，而且土质不如人意。大多数的耕地都被用来种植"穷人的蛋白质"——豆子。因为没有足够多的可用耕地，为生计所迫的农民们开始越来越多地侵占乡村地带，大规模地猛砍、焚烧正在一步步地吞噬森林。没有了树木的保护，土壤一天天地被风雨带走，而斜坡更是加速了这种灾难性的破坏。

不过，解决生态问题的新途径也正在酝酿和实施之中，

多米尼加的甘蔗产业

惨遭砍伐的地区

悬崖边的玉米地

北部海岸的浅滩和珊瑚礁

散落的珊瑚块

将某些地区指定为自然保护区或者国家公园便是途径之一。恩里基约湖的中部是卡布里托斯岛，1974年，当地政府就宣布将这座岛屿划为国家公园。看似寻常的恩里基约湖其实具有许多不同寻常的地方。它位于一个构造地堑中，湖面则位于海平面以下30～40米。湖水的含盐量为8%，几乎比海水的含盐量还要高出3倍。虽然恩里基约湖距离海洋近40千米，但是岸上散落的不是花岗岩或者片麻岩，而是珊瑚块。这也表明了这里曾经为海洋所覆盖，一具具珊瑚虫骸骨仍然依稀可辨。

这些珊瑚块曾经是鱼和螃蟹的乐园，而现在，里面住的是蜘蛛、其他昆虫以及蜥蜴。另一方面，虽然湖水的含盐量很高，但是湖中仍然生活着一些鱼类。鱼类的存在自然也招来了另外一些贵客，比如欧洲小白鹭的亲戚——雪鹭。雪鹭的捕鱼方式令人大开眼界。它在一次飞翔过程中就能完成一次捕食，这在苍鹭家族中可谓独树一帜。

雪鹭称得上是鸟类王国中比较漂亮、比较优雅的一个种类。它通常栖息于沼泽湿地。

雪鹭和大白鹭的外表非常相似，很容易产生混淆。除了体型较小之外，最大的差异就是雪鹭的嘴是黑色的，而大白鹭是黄色。雪鹭的脚前方是黑色，但是脚后方和脚爪都是黄色，而大白

雪鹭的捕鱼过程

鹭则全部是黑色。雪鹭的背羽也非常漂亮，比大白鹭还多了胸羽和头羽。当其他雪鹭靠近时，它会竖起头羽，以此来警告对方。

有比较才能鉴别，为了更清楚地了解雪鹭的情况，我们也来看看大白鹭的一些特征。

大白鹭又名"白庄"、"公子"、"白洼"，属于鹳形目，鹭科。大白鹭全长约95厘米，身体羽毛的颜色为白色，颈长而且弯曲。夏季肩和下颈有细长的蓑羽，嘴比较厚重，颜色为黑色，嘴裂延伸至眼后，眼睑裸出部分为蓝绿色，脚为黑色、细长，飞行时伸出尾羽很长。冬季蓑羽脱落，嘴黄色，眼睑裸出部分为黄色，虹膜为黄色。在遇到危险时，大白鹭通常会发出比较低的"呱呱"声。

大白鹭一般单独或者以小群形式外出活动，经常栖息于河川、海滨、沼泽湿地或者水田中。它的站姿比较高，身体比较直，习惯于从上方往下刺戳猎物。飞行过程中振翅缓慢有力，体态优雅。它们主要以小鱼、虾和水生昆虫、贝类等为食物。

凭海而立的雪鹭

大白鹭的营巢时间和其他鹭类相比要早一些。它们通常在大树上筑巢，巢用枯枝、干草建造而成，下面垫以杂草和叶片。繁殖期为3～7月，平均每窝产卵3～4枚，卵呈蓝绿色，没有斑点。孵化期通常在25～26天。幼鸟出壳后由雌雄鸟共同哺育。

在湖边寻找猎物的鸟类其实不只有雪鹭，它的好多亲戚也都在这里。小白鹭和绿鹭虽然姗姗来迟，不过它们似乎并不着急，因为它们都有各自的捕猎绝招。

小白鹭全身的羽毛为白色，嘴、脚的颜色为黑色，趾呈黄绿色。在繁殖季节，它的眼睑为红色，头后有两根

觅食的三色苍鹭

长饰羽，背部、前颈下部也有长的饰羽。小白鹭在飞行时会发出"嘎嘎"的沙哑喉音。

小白鹭通常出现在平地以及海拔比较低的溪流、水田、鱼塘、沼泽、河口、沙洲地带。平时喜欢群体活动，觅食的时候经常以脚探入水中搅动后再捕食鱼类。

至于绿鹭，它的名字很多，在不同地区也有不同称呼。它又被称为绿鹭鸶，在中国的东北地区叫做"打鱼郎"，在台湾地区则被称为"绿蓑鹭"。

绿鹭的身长有43厘米，体型较小，头顶和枕部冠羽为黑色，冠羽较长，背部为暗绿色，并且具有光泽。眼下方有一条黑色直线延伸到颈部两侧，颈和背部的蓑羽为灰色，翼和尾部的颜色为黑色，翼缘呈白色，翼上的覆羽为绿色，羽缘为白色。胸、腹和胁部为灰色，下腹的颜色相对较淡。幼鸟的冠羽较短，颜色为黑色，中间夹杂有一些栗色条纹。它没有背蓑羽，下体为白色，具有棕色条纹。眼黄色，喙黑色，喙缘为黄绿色，面部裸露的皮肤为绿色，腿和脚为暗黄色。

伺机而动的绿鹭

绿鹭主要分布在北美地区，包括美国、加拿大、格陵兰岛、百慕大群岛、圣皮埃尔和密克隆群岛及墨西哥境内北美与中美洲之间的过渡地带，以及欧亚大陆和非洲北部、中南部地区，另外还有马达加斯加群岛以及附近的岛屿。它们大多栖息在池塘、溪流及稻田，也栖于芦苇地、灌丛或红树林等有浓密覆盖的地方。它们通常是白天休息，夜间外出觅食，食物主要有小鱼、田螺和水生昆虫。这种鸟类除了在繁殖期外，大都喜欢单独生活。

绿鹭的鸟巢呈浅碟状或者浅碗状，巢距离地面有2.7～4米，大多建在距离主干较近的枝杈上。巢的外径为40厘米、高13厘米、深6厘米，主要由杨、柳、榆的干枝构成。绿鹭每窝可以产卵3～5枚，通常是5枚。卵呈椭圆形，颜色为淡青色或者绿青色，孵化期为 20～22 天。

如此众多的鹭类家族的成员都汇聚在一起，感觉就像在开家族会议，其实它们之间很少接触，大都是各行其是。而对于其他来此的涉禽，比如蛎鹬来说，它们也不用担心这些鹭类家族的成员会联合起来将它们驱逐在外。自然界在赋予每个物种生命的同时，也赋予了它们独特的求生之道。

蛎鹬是一类涉禽，属于蛎鹬科、蛎鹬属。它们的显著特点是具有橘红色的又长又扁的喙。蛎鹬体型中等，体长 40～50 厘米，体色黑白相间。红色的嘴又长又直，腿为粉红色，上背部、头部及胸部的颜色为黑色，下背及尾上覆羽为白色，下体的其他部分都为白色。翼上为黑色，沿次级飞羽的基部有白色宽带，翼下白色并具狭窄的黑色后缘。虹膜为红色，嘴为橙红色，脚为粉红色。

准备产卵的蛎鹬

蛎鹬的叫声比较尖厉，炫耀时会发出管笛声，越来越慢直到结束。蛎鹬主要分布在欧洲至西伯利亚一带，冬季的时候会飞往南方越冬。它的飞行缓慢，而且振翼的幅度比较大，习惯于沿着岩石型海滩寻找食物，食物主要是软体动物，比如牡蛎、蛤、蚌类。大多数时候，它们会选择在退潮的时候袭击那些刚刚露出水面张开贝壳的软体动物。蛎鹬喜欢成小群活动。鸟巢大都建在地面上，通常在沙地上产下 2～4 个蛋。

截止到目前为止，全球大约共有 7 种蛎鹬：其中，欧洲蛎鹬主要分布在欧洲、亚洲和非洲地区，这种蛎鹬的上体呈黑色，腹部呈白色；美洲蛎鹬主要栖息于西半球的海岸地区，上体为黑色，腹部为白色，头和颈部也是黑色；北美洲西部的黑蛎鹬以及澳大利亚的乌黑蛎鹬除了腿部略带桃黄色以外，全身都是黑色。值得一提的是，大西洋加那利群岛的黑蛎鹬已经被列为濒危动物。

目前，欧洲的爱尔兰和中美洲的隆尔瓦多都已经选定著名的海边涉禽蛎鹬作为国鸟，蛎鹬的魅力由此可见一斑。

高贵、优雅

从恩里基约湖航行7千米就是著名的卡布里托斯岛。卡布里托斯岛长12千米，宽却只有2千米。据说，多米尼加共和国境内总共大约有500头美洲鳄，其中大多数就生活在恩里基约湖中的卡布里托斯岛附近，而且鳄鱼们大都喜欢把它们的窝安在沙滩上。白天，这里气候炎热，阴凉处的温度也几乎能达到45℃，更重要的是，在卡布里托斯岛，稀疏的森林中几乎找不出多少阴凉地。不过，这座岛屿并不清静，因为这里有大量喜欢喧闹的棕榈鸦。

大量的仙人掌属植物构成了这个国家公园的特色，仙人掌主要通过多肉的主干来储存水分，针刺则可以保护它们不被动物吃掉。不过，在广阔的仙人掌植物中也夹杂着一些落叶树和灌木丛，比如这里就生长着一种长有橙色肉质果实的钟花树。这种树的树干非常坚硬，曾经被用来制作轮船的螺旋桨。

在灼热的阳光下，一只夜鹰正在树上歇息，它的羽毛就像一件天然迷彩服，所以它似乎并不担心自己被其他猎手发现。

夜鹰目的构造其实和鸮形目类似。它们也主要是夜行性鸟类，大多数在空中捕食昆虫，喙宽，口裂大，少数以果实为食。夜鹰目主要分布在热带地区，可以分为5科。

夜鹰别名蚊母鸟，它白天常常蹲伏在树木众多的山坡地或树枝上，当在树上停栖时，身体贴伏在枝上，有如枯树节，所以俗称贴树皮。它的主要特征是嘴短宽，有发达的嘴须，鼻孔是管形的。雄鸟枯叶色，上体羽翼为灰褐色杂以黑褐色杂状斑；中央尾羽浅灰色，有黑褐色较宽横斑；其余尾羽有白色次端斑；另外，它的第2～4枚飞羽的内外各具一白斑；下喉有一大型白色斑块；雌鸟与雄鸟羽色近似，尾羽无白色斑块，翅上飞羽近端无白斑或不显著。

随处可见的仙人掌植物

隐蔽良好的夜鹰

夜鹰常在夜间活动，黄昏时很活跃，不停地在空中捕食蚊、虻、蛾等昆虫。飞行时，两翅缓慢地鼓动，也能长时间滑翔，在捕捉昆虫时，能够突然曲折地绕飞。遇到敌人时，可以无声地迅速飞去。它们经常在夜间鸣叫，发出连续的单音节叫声，略似"嗒、嗒、嗒、嗒"。每年5～7月进入繁殖季节，

里科迪鬣蜥

不过它们不像其他鸟类一样建造巢穴，而是将卵直接产在地面、岩石上，或者是茂密的针叶林、矮树丛间，野草、灌木丛的下面。每次产卵2个，卵呈白色，杂有灰褐和暗灰色斑。孵卵工作白天由雌鸟担任，早晨和傍晚的时候则由雄鸟接替，16～17天出雏。由于它嗜食鳞翅目、鞘翅目等昆虫，所以是著名的农林业益鸟。

不管是各种各样的蜥蜴，还是栖息在湖边的各种鹭类和其他涉禽，以及美洲鳄，它们的生存环境都在面临挑战。和加勒比海的其他岛屿一样，伊斯帕尼奥拉岛的原始雨林遭到了很大程度的破坏。只有在陡峭的沿海山谷中，或是在山脉的边缘处，一些物种丰富的原始雨林才得以生存下来。目前，多米尼加政府已经意识到了自己担负着保护珍稀动物的责任，而且当地民众的自然保护意识也在逐渐增强。这对于当地的动植物来说无疑是一个巨大的福音！

海地阿美蜥

觅食

PART 07
火山生命

我们每个人在小学的时候都学过地理，对于赤道几内亚，相信我们都不会陌生。这当然和它名字中的赤道有关，或者说它是因为距离赤道近而闻名的。事实上，"几内亚"一词是由柏柏尔语中"黑色的"或者"黑人的土地"演变而来，意思是"黑人之国"。此外，赤道几内亚还有另一个名字，那就是森林王国。

赤道几内亚由位于喀麦隆和加蓬之间的一块陆地，还有散落在几内亚湾中的一群小岛屿组成，面积达2.8万平方千米，人口约6万人，主要为芳族和布比族。赤道几内亚属于典型的赤道雨林气候，年平均降雨量为2 000毫米，平均最高气温在29～32摄氏度之间。从地图上看，它的北面和喀麦隆接壤，东面和南面紧邻加蓬。海岸线长度有482千米，沿海为狭长的平原，海岸线平直，港湾比较稀少。内陆主要由高原组成，平均海拔在500～1 000米之间。中部山脉则把木尼河地区分成了北面的贝尼托河和南部的乌塔姆博尼河流域。许多岛屿都是火山岛，为喀麦隆火山在几内亚湾的延伸。

比奥科岛喷涌的火山

赤道几内亚的首都是马拉博，建造于1827年，最初被英国人称为"克拉伦斯"。独立后，赤道几内亚人民抛弃了这个地名，将它改为马拉博，以纪念20世纪初领导当地人民英勇抗击殖民主义侵略的布比族领袖马拉博。

比奥科岛风景

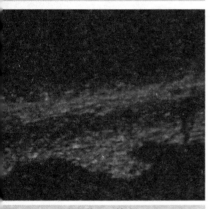

奔涌的火山熔岩

比奥湖风景

　　首都马拉博的南部坐落着国内最大的岛屿——比奥科岛。据说，在15世纪末，当葡萄牙殖民者首次踏上这座岛屿的时候，就为当地的热带风光所陶醉，因此将这里命名为"福摩萨岛"，意思是"美丽岛"。随后，在西班牙殖民者统治期间，"美丽岛"又被改称为"费尔南多波岛"，这是根据最早到达岛上的一位葡萄牙人的名字命名的。在赤道几内亚赢得独立之后，人们根据第一任总统的名字将这座岛屿命名为"马西埃岛"。1979年8月，马西埃政府被推翻，岛名也随之改成了比奥科。比奥科是布比族国王莫卡和马拉博的顾问和副官，在赤道几内亚历史上以反对西班牙殖民主义者而著称。

　　比奥科岛面积达2 017平方千米，岛的南部也是最古老的部分。这里深谷纵横，巨浪滔天，悬崖险峻，令人恐惧，只有对地形非常熟悉的人才敢来到这里。更不可思议的是，这里几乎总在下雨，它的年降雨量高达1.4万毫米，南海岸是当之无愧的地球上降雨最多的地区之一。在这里，巍峨的圣伊莎贝尔峰高3 007米，为死火山。提到火山，许多人可能都会先入为主地认为这里没有野生动物，也没有野生植物，只有灰蒙蒙的火山熔岩。事实上，火山斜坡上纵深难入的山峡为许多动物提供了避难所。

　　不可否认，比奥科岛独特的自然环境无疑限制了野生生命的发展。就拿鸟类来说，这里只生活三种捕食鸟类，棕榈鹫属于其中之一。对于我们来说，棕榈鹫听起来似乎非常陌生，但是，要说起它的许多亲戚，你肯定会连连点头。

　　棕榈鹫属于鹰亚科，这是一个成员非常复杂的亚科，其中我们所熟悉的大多数猛禽，比如鹰、雕、鸢等都是鹰亚科家族的成员。鹰亚科成员的体型大小不同，习性也是各有差别，有的食腐肉，有的食鸟类，有的食兽类，有的食鱼，有的食爬虫，有的食昆虫，甚至还有食水果的种类。鹰亚科成员的分布也非常广泛，几乎遍及除南极以外的世界各个角落。鹰亚科共有239种，我国大概有48种。其中，我国最常见的鹰亚科的一个成员就是黑耳鸢，也就是老鹰。它的食物来源比较广泛，既捕食小动物，也食腐肉，适应力非常强，过去

空中翱翔的棕榈鹫

大多被归于黑鸢的亚种。另外，分布于青藏高原和喜马拉雅山脉的高山兀鹫是隼下目体型最大的成员之一，也是我国最大的猛禽和最大的鸟类之一，是著名的食腐鸟类。美洲热带雨林中的角雕是体型最大的捕食性猛禽，主要以猴和树懒等树栖动物为食。还有一位的名声更大，它就是著名的美国国鸟白头海雕，主要分布于从加拿大到墨西哥的北美洲，是一种大型猛禽。

　　和它的其他亲戚相比，分布于非洲的特殊猛禽——棕榈鹫明显要逊色几分，几乎称得上是猛禽家族中的一个另类。它是典型的素食主义者，从来都不捕食猎物，主要以棕榈果等果实为食，一副谦谦君子的模样。

　　或许是了解棕榈鹫的习性，小䴙䴘才得以放心大胆地在湖面上繁殖后代，这也是当地惟——种在湖面上栖息的鸟类。

| 在空中寻找猎物的棕榈鹫 | 惟一在比奥湖上繁殖的水鸟——小䴙䴘 |

　　小䴙䴘属于一种小型游禽，留鸟。它的身体全长大约有290毫米，体重在150～275克之间，差不多和鸽子的大小相似，算得上是䴙䴘类中体型最小的。它的身体矮胖，尾羽已经退化。夏季（繁殖羽）头颈、背部为黑褐色，胸、腹部为淡褐色，喉和前颈部位的颜色偏红，而且具有非常明显的黄色嘴斑。冬季（非繁殖羽）上体为灰褐色，下体为白色，颊、耳羽和颈侧呈现为淡棕色，喉部为白色，虹膜是黄色，嘴黑色；瓣蹼足，蓝灰色，趾尖为浅色。另外，幼鸟的头颈还有条纹。

　　小䴙䴘喜欢在有芦苇、水草或者水生生物丰富的水塘、河流、湖泊、水库和沼泽地，以及涨过水的稻田生活，而且具有很强的领地意识。它善于游泳和潜水，经常潜入水中取食，主要以水生昆虫及其幼虫以及鱼、虾、蛙类等作为食物，偶尔也会吃少量的植物。另外，在受到惊吓时，它也会潜入水中，只露出眼睛和嘴部，数分钟之后才会重新浮出水面，因此人们又习惯于把它称为"王八鸭子"。除此之外，它喜欢终日漂浮在水面上，就好像一个葫芦，因此又被称为"水葫芦"。它们通常喜欢单独或者三五成群地外出活动。䴙䴘的求偶行为非常特殊，而且看起来特别滑稽，双方一起扎入水中再浮出水面，然后面面相觑，摇头晃脑，并各自向对方送上一小撮水草为礼物，这样就算配对成功了。随着繁殖季节

雄性湖蛙

的来临，它们会在水上相互追逐并发出叫声，叫声主要表现为连续的振颤音。它们会在沼泽、池塘、湖泊中丛生的芦苇、灯心草、香蒲等地建造成平坦式的水面浮巢，每窝产卵4～7枚，卵形钝圆，先为白色，后来变成污褐色，雌雄鸟轮流孵卵。

　　小䴙䴘主要分布于非洲、欧亚大陆、印度、日本、东南亚，包括菲律宾、印度尼西亚至新几内亚北部的地区，在这里看到它的身影自然也就不足为怪了！

　　正当小䴙䴘忙着整理巢穴，准备繁殖后代时，其他

颜色和体型大小悬殊的雌雄湖蛙，雄性较小

动物，比如湖蛙和鸟类家族中的蕉鹃也聚集在水边。其实，蕉鹃是冲着这里的无花果来的。对于这种鸟，你了解多少呢？千万别自作聪明，它可不是芭蕉叶下的杜鹃。不过，如果这样猜，至少有一点儿是对的，它和杜鹃之间确实具有密切的关系。

为此，我们首先来了解一些有关鹃形目的情况。鹃形目的一些种类以巢寄生的习性而著称，也就是说它们会把卵产到其他鸟类的巢中，由其他鸟来代替孵卵育雏。当然，其中也有一些鹃形目的鸟类不具有巢寄生的习性，相反却是自己孵卵育雏。一般来说，鹃形目的鸟类大都身材比较修长，和其他攀禽一样，它们的第2、第3趾向前，第1、第4趾向后，而且绝大多数为树栖型。

蕉鹃是鹃形目中的一种自己孵卵育雏，而且喜欢食用香蕉等植物性食物的类群。蕉鹃大都长有漂亮的羽冠，是非洲鸟类王国中名副其实的"美女"，其中有些种类的外表色彩艳丽，令人叹为观止，因此它又被称为非洲最艳丽的鸟类之一。

蕉鹃是中型攀禽，属于鹃形目蕉鹃科。这是特产于非洲的一个科，世界其他各地都不产蕉鹃。它们是最著名的

非洲特有的蕉鹃

晚成性鸟，如美丽的红冠蕉鹃，幼雏要满一年才能羽翼丰满。由于体内富含铜，红冠蕉鹃的羽毛呈极艳丽的红色和绿色。蕉鹃多以植物性食物为食，不过偶尔也会吃一些昆虫，尤其是在繁殖季节。主要分布在非洲的森林、草原和山地之中。有些种类的蕉鹃是清一色的灰色、褐色或者白色，大约有10种蕉鹃有独特的红色素、羽红素和绿色素。如果从分布的地理情况来看，那些栖息在森林中的种类

色彩相对来说更加艳丽，可以灵活地攀援于树冠的枝叶中，而一些山地的种类则可以在非洲最高的几座山上生活。

蕉鹃共有5属23种，不过大多数蕉鹃的大小相似，长度大约都在35～70厘米左右，大多数蕉鹃都是长尾巴，短翅膀。它们喜欢吵闹，喜欢喊喊喳喳地成群到处活动，不过筑窝的时候却喜欢独处。蕉鹃每窝可以产2～3个白色的蛋。和其他攀禽不同的是，蕉鹃的外趾能自由地前后弯曲，比杜鹃更适合攀援和握住东西，这一点很像鹦。

除了羽色的美丽外，有些蕉鹃的叫声婉转，非常动听，比如蓝冠蕉鹃。蓝冠蕉鹃主要分布于肯尼亚和坦桑尼亚北部一带，是蕉鹃中体型较小的一种，体长只有40厘米左右。这种蕉鹃的羽色非常柔和，头上有短而圆的羽冠，头上部为深蓝色，眼睛前有一白色斑块，下面有一白色细纹。喉、颈、背和下体为绿色。翅膀上的覆羽为蓝色，飞羽为红色，尾羽为蓝色。眼睛周围裸露的皮肤为红色。嘴部呈橄榄色，末端有些红色。主要栖息在常绿阔叶林和林缘地带，以植物种子、果实和浆果等为食。蓝冠蕉鹃鸣叫时会张开羽冠，使其直耸于头顶。蓝冠蕉鹃不善于飞翔，却特别善于奔跑，在非洲草原上它们比鸡跑得还快，不过更多的时候它们还是愿意呆在树上。这种鸟能像鸽子一样喝水，也就是直吸式，而不用像其他鸟类那样含上水扬起脖子往下咽。蓝冠蕉鹃的平均寿命为12年，孵化期是20天，28天后幼鸟的羽毛长成。

另外，还有一种大蓝蕉鹃，它的体长达75厘米，体重超过1千克，应该说是蕉鹃家族中体型最大的一种。主要生活在中非和西非的热带雨林中，是森林蕉鹃的代表。此外，有一种白腹灰蕉鹃则是开阔地带的蕉鹃的代表，主要分布在东非的干旱疏林和灌木丛中，是一种非常喧闹的鸟类。

对于蕉鹃，我们已经有了一定的了解，那么它和杜鹃之间究竟是什么关系呢？其实，它们都属于鹃形目，只不过科类有所差别而已。而且，它们之间最大的差别就在于蕉鹃会自己孵卵育雏，而杜鹃却是最著名的巢寄生鸟类。

杜鹃的羽色有些似鹰，主要以昆虫为食，是重要的森林益鸟，不过杜鹃科的成员之中也并不都是这样。杜鹃科可以划分为杜鹃亚科、鸡鹃亚科、地鹃亚科、犀鹃亚科、鸦鹃亚科和岛鹃亚科6个亚科，只有杜鹃亚科和部分鸡鹃亚科的种类有巢寄生的习性。

杜鹃是一类非常有意思的鸟类，它们生性不喜欢结群，甚至在繁殖季节也不会像其他鸟类那样成双成对出现，交配更是没有固定对象可言，甚至是混乱的多次与不同的对象交配。一等繁殖季节结束，它们大都独来独往，穿梭于林间地带，特别是在松树林中，捕食各种危害松树的毛虫。

比奥科岛惟一的树变色龙

由于捕食毛虫，杜鹃获得了益鸟的美称，不过"人无完人"，它们自然也不是十全十美，甚至还可以称为是好吃懒做、投机取巧的活典型。它们中的大多数都不喜欢建造巢穴，也不像其他鸟类那样充满爱心地孵雏，相反它们却喜欢把卵产在其他鸟类的巢中，由其他鸟类抚养幼鸟。幼雏从小就没有受到血缘父母的调教，这大概是它们比较喜欢独立行动的另一个理由吧。举个例子来说，乌鸦有一个恶习是盗食别的鸟的卵和雏鸟，但是产于北非到南欧一带的大凤头杜鹃却喜欢在很短时间内将卵产在乌鸦巢中。这样一来，就算是鸟类中绝顶聪明的乌鸦也会当起"杜鹃妈妈"，老老实实地哺育凤头杜鹃的幼雏。当然也有例外，如生活在美洲的很多鹃类则是由自己营巢孵雏的，在美国西南部到墨西哥一带生活着一种长尾杜鹃，它们将巢筑在仙人掌丛中，这是一种凶悍的鹃类，它们往往能杀死有剧毒的响尾蛇，有意思的是，它们是极少的地栖型鹃类之一。

典型的杜鹃属于杜鹃亚科，广泛分布于旧大陆，其中最著名的种类应该属四声杜鹃，它以"割麦割谷"或"光棍好苦"的叫声而闻名。鸡鹃亚科主要分布于美洲，东南亚地区也分布有两种，而且多是一些地面活动的大型杜鹃，如走鹃，

进食

享受天伦

它在地面快速奔跑,捕食爬行动物等小型动物。鸡鹃亚科中的少数几种有巢寄生的习性,它包括分布于亚洲热带地区的地鹃和分布于美洲的美洲鹃,地鹃是地面活动的大型杜鹃,美洲鹃和典型的杜鹃习性相似,但没有巢寄生的习性。犀鹃亚科分布于美洲,只有4种。鸦鹃亚科分布于旧大陆热带、亚热带地区,体型较大,常在地面活动。岛鹃亚科的分布限于马达加斯加岛,是鸽子大小的长腿杜鹃。杜鹃科共有36属132种,我国有7属17种。

生活在我国的杜鹃和生活在欧亚大陆其他地区的杜鹃多数生性多疑而且非常胆小,因此人们见到它们的机会并不多。特别是大杜鹃,俗名郭公,由于羽色为棕灰色,能和环境混为一体,加上一有动静它们就会长时间地呆在暗处一动不动,因此人们很难见到它们。在我国,最为常见的杜鹃是四声杜鹃,其次为大杜鹃,其实这两种鸟大小差不多。鸣叫时,大杜鹃为两声一度,即人们熟悉的"布谷"、"布谷",而四声杜鹃则是四声一度,可拟为"咕咕布谷"。每到繁殖季节它们会彻夜叫个不停,包括鸣声不甚出名但也非常响亮的鹰鹃,鹰鹃为三声一度。

杜鹃和蕉鹃这对远亲大都没有往来,可能是习惯不一样吧!又或者是蕉鹃自恃美丽,不屑与前者为伍吧!不过,在比奥科岛上,另一种鸟类的美丽也是众所周知的,它就是太阳鸟。

据说,每当太阳初升或者雨过天晴时,太阳鸟和蝴蝶、蜜蜂一样就会在花丛中成群飞翔。它们那鲜艳的羽衣,闪现红、黄、蓝、绿等耀眼的光泽,夺目异常,因此得名"太阳鸟"。当它们不停地挥动着短圆的小翅膀,轻捷地将长长的嘴伸进花蕊深处吸食花蜜时,那悬停半空、倒吊身子的高难动作,简直和美洲的蜂鸟一模一样。所以,有人又把它称为"东方的蜂鸟"。

在这里,我们有必要再介绍一下蜂鸟。蜂鸟基本上都生活在南美洲及中美洲。蜂形蜂鸟是其中最小的,也是世

停在枝头歇息的太阳鸟

113

界上最小的鸟，身长只有5厘米，体重不超过2克，产下的蛋只有黄豆大。蜂鸟最显著的特点是采花蜜时能在花前悬停。除此以外，蜂鸟还能笔直地向上下左右飞行，并倒退飞，它们的翅膀每秒钟能扇动80次以上。蜂鸟的飞行本领得益于它们极其强健的羽翼肌，就身体比例而言，它们的羽翼肌比别的鸟都强壮。由于这种飞行要消耗大量体力，而且蜂鸟细小的身体散热快，保存能量有限，所以它们几乎整个白天都不停地吸取花蜜并捕食昆虫，一只普通蜂鸟一天吃掉的食物重量，比它自身体重还多一倍。别看蜂鸟那么小，但它们却非常勇敢，遇到比自己大10倍、百倍的山鹰也毫不退缩，它们会以自己特有的飞行技术，对准敌人的眼睛猛啄。安第斯蜂鸟还有一种本领——为了在寒夜节约能量，它们的体温可以降至与气温一样的温度。

通过比较可以看出，人们把太阳鸟称为"东方的蜂鸟"绝不是毫无理由的。接下来，我们再来详细地了解一下太阳鸟的其他特征。

太阳鸟是雀形目太阳鸟科的一属，属于典型的热带鸟类，足迹遍及喜马拉雅山以东地区——缅甸、尼泊尔、印度东北及我国西南和东南等地。它的体型纤细，体长大约有79～203毫米，体重仅5～6克；喙细长而下弯，喙缘前端具有细小的锯齿；舌呈管状，尖端分叉；尾巴呈现为楔形，雄鸟中央的尾羽特别长。世界上共有14种太阳鸟，中国有6种，分别是中央尾羽呈蓝色、喉胸黑色、腹部绿灰的黑胸太阳鸟；尾羽绿色、胸部鲜红、下背及腰鲜黄的黄腰太阳鸟；尾羽深红的火尾太阳鸟；喉部呈金属绿色的绿喉太阳鸟；头尾绿色、中央尾羽特长并有两根羽毛分叉的叉尾太阳鸟和喉部蓝色的蓝喉太阳鸟。

相貌普通的雌性太阳鸟

太阳鸟和蜂鸟一样以吸食花蜜为生，也吃花蕊、蜘蛛、膜翅目昆虫、蚁类、双翅目昆虫、寄生蜂、虻类以及种子等，它们不会放过任何开荤的机会。太阳鸟个性活泼，平时单个、成对或成小群在次生阔叶林或开花的乔木、灌木上活动；成群觅食时，常互相叫唤。飞行能力强而急速，喜急鼓两翅悬飞在花前。它还是带翅膀的"月下老人"，在不知不觉中充当了为植物传授花粉的角色。太阳鸟是珍贵的益鸟。

每年春季是太阳鸟的繁殖季节。这时候，太阳鸟就会成双成对地在森林边缘或者沟谷坡地的灌木丛中筑巢。它们的鸟巢呈梨形，悬挂枝头，随风摆动。鸟巢的长径为140～160毫米，宽径75～100毫米。巢材多样，有的巢外以苔藓根、杂草构成，内衬以纤细的花茎做成，巢内有由细丝状的种子绒毛构成的厚垫。太阳鸟每巢可以产卵2～3枚，卵壳乳白，间有细小的棕色斑点。

说到鸟巢，比奥科岛上还有另外一种建筑高手，它的名字似乎已经说明了它的特长，它就是织巢鸟。

织巢鸟属于鸣禽，在世界各地都有分布，因为使用植物纤维编织精巧的鸟巢而闻名。织巢鸟的体型比麻雀稍大、具有黄色的腹部羽毛、背部呈浅绿色羽毛。织巢鸟孵化率在鸟类中是很高的，因为雏鸟多，雌雄哺育的负担也很大。为了寻找食物、躲避天敌，织巢鸟常成千上万地转移住地。

正在编织巢穴的织巢鸟

在树木稀少的草原上，它们主要以草为食，也用草来建造鸟巢，可谓是典型的物尽其用。在庞大的鸟类王国中，织巢鸟是杰出的"建筑大师"。它们能用柳树纤维、草片等编织出精美异常的巢，由上而下把巢封好，并在底部留下一个入口。

织巢鸟的窝非常精巧、复杂。它首先用结实的棕树叶在树杈子上打一个丁香结，编织出第一个圆环，然后再一环扣一环地编织它的窝。织窝时，它的喙和两爪相互配合，甚至能够用一只脚支撑身体，用另一只爪配合喙的工作。织巢鸟的小嘴极为灵巧，它用嘴把草从圆环中穿出，再斜倾着身体把草扯紧，简直和人们缝纽扣的姿势一模一样。建造鸟巢大概需要10个月的时间，最终建成的鸟巢有2～3米高。织好巢以后，织巢鸟再找一些小石块放在窝里，防止巢被大风刮翻，

黄蜂的巢穴

正在织网的雌性圆形织网蛛

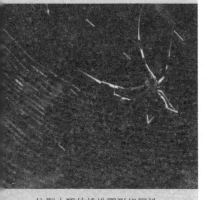

体型小巧的雄性圆形织网蛛

考虑得可谓既仔细，又周到。此外，它还是个装饰家，喜欢找些亮晶晶的玻璃碎片或者易拉环做房间内的装饰品。

有一点儿需要说明，建造巢穴的工作完全由雄性独立完成，而且这和寻求配偶具有密切的关系，因为鸟巢建得越漂亮，越能吸引雌鸟。如果它的卓越技巧受到某一只异性的青睐，那么雌鸟就会主动承担起铺垫鸟窝的任务。但是，如果织巢失败，雄鸟就将放弃这个窝，或者把它毁掉，从头再来。如果它引来一只雌鸟，交配之后，它便会把窝留给雌鸟，自己再去营造一个。

织巢鸟的种类很多，我国比较常见的有黄胸织巢鸟，它们主要生活在云南的西双版纳一带，大小如同麻雀，它也是建筑高手。除此之外有一种织巢鸟，为防止蛇等天敌爬进巢中偷吃鸟蛋，它们把巢的入口做成细长的管子形，这根管子仅可承受织巢鸟的重量，一旦有敌人爬进，管子就会折断，把入侵者从高处摔下去。另外，非洲有一种喜欢群居的织巢鸟，它们会齐心协力共同建造巨大的鸟巢。

在非洲平原上，喜好群居的织巢鸟的鸟巢大都位于高高的树上。这种巢穴足有1吨多重，堪称公寓楼，里面能住400多只鸟。据说，有一个这样的巢穴已经被使用了100年。罗马人拜织巢鸟为师，利用混凝土，模仿织巢鸟的巢穴建造了多层公寓。不过，当时人们还不知道如何加固房屋，这就限制了楼房的高度。今天，由于有了钢筋混凝土和钢铁技术，我们的摩天大楼至少比古罗马的公寓高出20多倍，但是建筑师无论如何也比不上织巢鸟，因为它们仅用干草就建成了能够维持100年之久的巢穴。

蜘蛛中体型最大的圆形织网蛛捕获猎物的场面

织巢鸟的建筑成就的确无人能及，不过在这里，它可不是风头最劲的动物。蜘蛛王国中体型最大，织网也最大的圆形织网蛛在这里也可以看到，不过最吸引人们，最令人神往的还是当地一种最著名的猴子，它就是黑须僧面猴。

黑须僧面猴属于疣猴家族的成员之一，主要生活在非洲的森林和稀树草原中，有些探险者习惯于把它们叫做"魔鬼猴"。这可能是因为它们的毛皮漆黑，而浑身的毛又长又乱的缘故。事实上，它们长长的毛具有重要作用，可以保护它们免受低温和大雨的影响。

在详细介绍它之前，我们先来说说疣猴。

疣猴算得上是猴类家族中最漂亮的一个种类，这是因为它们身上的毛色多种多样，长得也十分滑稽可笑。它们的臀部很小，尾巴很长，尾巴端部常有一撮毛，有的还成球状，颊囊也比一般猴子小，拇指已退化成一个小疣，因此被称为疣猴。疣猴的胃很大而且复杂，内部分为数瓣，以适应从营养不丰富的树叶里吸取养分。疣猴大都生活在非洲，有的生活在茂密的丛林里，有的生活在接近草原的树林中，主要吃植物的嫩芽和叶，同时也吃野果和谷物。疣猴一般以几只或十几只成员组成的家族群生活，由成年雄性率领，每群的领域相对较小，相邻群体之间的领地往往有重叠。为了避免邻居入侵，它们常常发出洪亮的吼声，以此来保卫自己

素有魔鬼猴之称的黑须僧面猴

的领地。长期的自然选择就是这样让自然界的许多动物以仪式化的战斗形式取代了直接的肉体冲突，从而降低了种群内部的损耗。久而久之，动物为了维护自己的生存空间，即便在没有其他同类侵犯时也不断地吼叫，意在告诫相邻的竞争对手。疣猴的动作灵敏，能够在树枝之间进行长距离跳跃。由于它们

火山口附近的红尾猴

毛皮漂亮，遭到人类贪婪而放肆地捕杀，目前非洲各国已把疣猴列为珍贵保护动物。

作为疣猴家族的一个成员，黑须僧面猴同样遭遇了这场浩劫，由此导致的直接后果就是家族数量的急剧减少。另外，据说黑须僧面猴过去非常活跃，现在却变得非常害羞。它们喜欢生活在那些深达几百米的峡谷的较高部分，或者陡峭的悬崖上。当危险来临时，它们在树上弹跳，进入猎人无法到达的峡谷深处。黑须僧面猴没有拇指，而且只以树叶为食，因此为了获得充足的营养，它们必须从早到晚不停地进食。毕竟，树叶的营养价值并不高。

浓雾笼罩的火山口仍在继续喷云吐雾，在这片恶劣的自然环境中，生命并没有放弃生存的权利。无论是棕榈鹫、小鹏鹩、焦鹃、太阳鸟，还是令人流连忘返而且难得一见的黑须僧面猴，以及其他稀奇的物种，比如湖蛙、圆形织网蛛、树蹄兔，它们都在这里找到了一席之地。令人欣慰的是，赤道几内亚政府已经宣布将火山口地区作为保护区，以保证这些野生生命的生存和发展。

过着树栖生活的树蹄兔

PART 08
归去来兮

对于电影纪录片《迁徙的鸟》，相信所有看过的人都会有种意犹未尽、叹为观止的感觉。这部由国际著名导演雅克·贝汉制作，历时4年拍摄，横跨五大洲而成的纪录片巨著，无论从拍摄技巧还是内容上，均带给我们久违的惊喜以及强大的视觉冲击力，同时也带给我们全新的视听感受。

候鸟在迁徙过程中可谓困难重重。它们既要克服长途飞行的辛苦，又要克服大自然各种各样的严峻挑战。它们在风沙中寻找正确方向，在冰天雪地中保护自己，在浩瀚的海洋中捕食猎物……形形色色的挑战，各种各样的难关，候鸟都要逐一克服，逐一面对。大天鹅要飞越1 200千米的长途旅程，期间它对生命的执著，对子女的关爱，无不令人动容。沙丘鹤在漫天风沙中追寻出路，既要面对酷热天气的考验，也要抵御风沙的摧残。

高碱湖岸边的鸟类景观

欧洲白鹳也是迁徙性鸟类，主要迁往热带非洲和印度次大陆一带越冬。在迁徙过程中，它们主要依靠上升的热气流进行高空滑翔运动，从而可以利用很少的能量进行长距离迁徙。为此，它们经常会避开广阔的森林和水域，如果一定要经过，也要寻找最为狭窄的地方通过。它们的迁徙时间大多在上午至下午天气最热的时候，每天迁徙的距离可达100～200千米。从欧洲繁殖地迁往南非越冬地，最远的迁徙距离往返可达2

欧洲白鹳在非洲腹地停息

万千米以上。在德国曾经记录到一只25岁的欧洲白鹳，在一生中总计迁徙了大约50多万千米的距离。不过，在跟随它们开始漫长的旅程之前，让我们首先来了解一下它们的情况。

欧洲白鹳是一种大型涉禽，体长在1米左右，体重有2～4千克。嘴比较长，直而且粗，颜色为鲜红色；颈部很长，长腿也是红色。它的身体羽毛主要为白色，翅膀为黑色，站在地上时身体前部呈白色，后部呈黑色。飞翔时身体为白色，翅尖和翅的后缘为黑色，红色的脚则远远伸出于尾羽的后面。

欧洲白鹳喜欢在开阔的平原和草地地区栖息，草原上的浅水湖泊、水塘、沼泽、水渠和溪流以及有稀疏树木生长的湿地都是它们经常出没的地方。欧洲白鹳喜欢成群结队地活动。起飞时，它首先要在地上奔跑一段距离，并用力扇动翅膀，待获得一定升力之后才能起飞。飞行时头颈向前伸直，脚伸向后，远远突出于尾羽的外面。它既可以进行鼓翼飞翔，也能利用上升的热气流在高空滑翔。它两翅的鼓动速度为每分钟170次，飞行速度可以达到每小时40～47千米，飞行高度为1 600～3 600米。

欧洲白鹳的性情非常温顺，活动时沉默无声，是一种比较安静的鸟类。但是，在繁殖季节或者受到外界干扰时，它的上下嘴会急切拍打，进而发出一种"嗒嗒"声。它的食物主要有蛙类、蝌蚪、蟾蜍、蛇、蜥蜴、蚯蚓、蚱蜢、软体动物、甲壳类、昆虫和昆虫幼虫，有时也吃鼠类等小型哺乳动物以及鸟卵等。它们通常在白天觅食，有时在有月亮的夜晚也出来觅食。觅食的时候，它的身体前倾，头颈向前伸，缓慢地大步行走，找到食物后迅速用嘴捕获。

它的繁殖期为3～5月份，通常营巢于树上，也在房屋、教堂或其他建筑物的屋顶，以及电线杆和电话线杆上营巢，此外，还有营巢于悬崖峭壁上、灌丛中和地面上的。虽然也有一对亲鸟单独营巢的，但一般都结成松散的营巢群体，几个或十余个巢集中在一起。巢的形状为盘状,直径为75～170厘米,最大的直径有225厘米,高为50～200厘米,最高的为280厘米。营巢活动由雄鸟和雌鸟共同进行,通常由雄鸟负责寻找和运送巢材,雌鸟则负责筑巢,营巢时间大约需要8天。

欧洲白鹳每窝产卵3～5枚,通常每间隔2天产1枚卵,也有间隔1天、3天或4天的。卵的颜色为白色,有时具有细小的斑点。孵卵由亲鸟共同承担,孵化期为31～34天。雏鸟为晚成性,刚孵出时嘴为黑色,全身披有白色的绒羽,大约60～70天后长好羽毛,但要能飞翔和独立生活,通常需要90天左右的时间,3～5岁时达到性成熟。

欧洲白鹳的种群数量曾经非常丰富,分布范围也比较广,在整个欧洲以及亚洲中部、西部和非洲等地都能看到它们的身影。但是,近年来的分布范围日益缩小,在欧洲许多国家,比如瑞典、丹麦、荷兰、法国、瑞士、比利时等已经绝迹,包括中国在内的其他地区的种群数量也都有明显下降。

说到欧洲白鹳,许多人自然会想到东方白鹳。东方白鹳发现于1873年,最初是列为欧洲白鹳的一个亚种,近年来才被作为一个独立的物种,因为它和欧洲白鹳的确存在许多区别。

首先,东方白鹳的体型,包括嘴峰、跗跖和尾羽长度都比欧洲白鹳大。另外东方白鹳的嘴为黑色,略微向上翘,眼周、眼先和喉部的裸露皮肤都为红色,而欧洲白鹳的嘴为红色,嘴形较直,眼周、眼先和喉部的裸露皮肤均为黑色。东方白鹳翅膀的颜色较淡,幼鸟的嘴、眼周、眼先和喉部为橙黄色或黄色,而欧洲白鹳翅膀的颜色较深,幼鸟的嘴、眼周、眼先和喉为黑色。

其次,东方白鹳性情暴躁,攻击性较强,喜欢栖息在远离人类居住区的地方,单独成对营巢,相比之下欧洲白鹳的性情比较温顺,喜欢栖息在接近人类居住区的地方,经常集群营巢。

其三,东方白鹳在面对入侵者时都会表现出威吓性的行为,而欧洲白鹳只有在同类入侵时才会如此，而且它们的具体动作也有不同。东方白鹳通常是将颈部伸直，左右摆动，两翅半张，但不上下扇动，脚随着颈部的摆动而动，"嘴响"出现在颈部伸向上方之前；欧洲白鹳的颈部会弯曲，不左右摆动，两翅半张，进行有节奏的上下扇动，脚不随着颈部的摆动而动，"嘴响"出现在颈部向后仰以后。

其四，东方白鹳在求偶时，雄鸟和雌鸟均有"嘴响"，欧洲白鹳只有雌鸟有求偶"嘴响"。东方白鹳和欧洲白鹳的繁殖地和越冬地相距都在4 000千米以上，长期处于生殖隔离状态。

小苇羚

随着秋季来临，也就是8月中下旬至9月初，欧洲白鹳开始离开欧洲中部和东部的繁殖地，踏上漫长的旅途。11月的时候，大量的欧洲白鹳结成小队，穿过西部刚果盆地的热带雨林和东部埃塞俄比亚的山峦，来到了非洲腹地。现在，它们可以稍微休息几天了。不过在这个地区，它们只是外来者。对于它们，一些当地居民的反应也截然不同。在东非大裂谷附近生活着小苇羚和水羚，而白鹳似乎很享受它们的陪伴。至于火烈鸟，虽然它们在这里是"鸟"多势众，但是白鹳并不担心，因为白鹳对它们钟爱的藻类并不感兴趣。

火烈鸟又叫红鹳，是一种长有蹼足的涉禽。它身披粉红色的羽衣，周身红得就像一团烈火，两腿则红得像燃烧的两根火柱，它的名字就由此而来。它一般聚居在热带和亚热带的咸水湖和接近陆地的海岛浅水中，主要分布在亚洲西部、非洲北部、欧洲、美洲和大西洋沿岸的温暖的含盐或含碱的浅水中。肯尼亚和坦桑尼亚的裂谷区聚集有近400万只，是世界上最大的火烈鸟聚居地；而位于赤道线上的纳库鲁湖，火烈鸟又最多，被称为"火烈鸟的天堂"，更有人将其称为"世界上火光永不熄灭的一大奇观"。

在东非大裂谷地区，火烈鸟其实可以分为大、小两种。大火烈鸟的身高可达150厘米，羽衣基本上呈现为淡粉色，长喙的尖端则呈现为黑色。这种火烈鸟的数量相对较少。小火烈鸟的身高大约有90厘米，羽衣色调较深，喙部呈深红。这种火烈鸟色彩艳丽，数量庞大，非常引人注目。

火烈鸟主要以微小的动植物，比如蛙类、甲壳虫类和水草为食，喜欢群居生活，每个群体通常由几万只甚至几十万只组成，有时一群可以达到200万只。火烈鸟的鸟巢排列得一般都很整齐，巢与巢之间相隔60厘米，中间有许多小沟，以便和水面相通。

火烈鸟的求偶行为非常壮观，而且一年一次，难得一见。随着繁殖季节的来临，群鸟会一改往日的悠闲。相反，它们高昂头部，你冲我撞，同时发出低沉的叫声。雄鸟会主动出击，追逐自己中意的雌鸟，而雌鸟则假装躲避，展翅逃窜。经过一番追逐，雌雄完成交配。随后大火烈鸟通常都聚集到纳库鲁东边的埃尔曼特伊塔湖上，小火烈鸟则南飞200多千米，来到肯尼亚和坦桑尼亚交界处的纳特龙湖，在湖边浅滩衔泥做窝，为产卵和孵化作准备。两种火烈鸟一般每次只产一只卵，两性轮流孵化。一个月后，雏鸟破壳而出。刚出生的雏鸟体色为灰褐色，3年之内最终会出落成身披红羽的成鸟。火烈鸟的寿命可达四五十年。

火烈鸟经常在湖的浅水区游串，交颈嬉戏。兴起的时候会组合成严整的方阵，翩然起舞。随后，它们会突然腾空，排成整齐的队伍，绕着湖边翻飞。这一奇观被誉为"世界禽鸟王国中的绝景"。对于这一禽鸟奇观，许多人有不同的解释。有人说火烈鸟是神鸟，体内蕴含有无穷的精力，其中跳舞是为了表达集体的喜悦，而腾空则是为了展示个体的才能。也有人说，火烈鸟同传说中的凤凰一样，经烈火焚烧后从灰烬中重生，因此集体舞蹈就代表着烈火焚烧的场面，而群体腾空则是长生不灭意志的显示。

自然界中，许多鸟类都形成了五颜六色的体色，非常惹眼，比如金刚鹦鹉、焦鹃，等等，它们无疑是自然界中的"美人"。但是你知道火烈鸟一身惹火的红

出来觅食的疣猪家庭

色是怎么形成的吗？原来这和火烈鸟摄取的食物有关。

　　肯尼亚的大裂谷区共有8个湖泊，其中6个是咸水湖。这些湖泊都是地壳剧烈运动形成的火山湖，由于大量的火山熔岩汇入其中，结果造成湖水中的盐碱质沉积。这种盐碱水质，再加上炽热的阳光就为藻类的生长提供了绝佳条件。在纳古鲁湖和纳特龙湖都生长有一种暗绿色的螺旋藻，而这恰恰是火烈鸟赖以为生的主要食物。一只火烈鸟每天大约可以吸食250克螺旋藻。螺旋藻中除了含有大量蛋白质外，还含有一种特殊的叶红素。火烈鸟浑身的粉红色，就是这种色素作用的结果。

　　俗话说，"一方水土养一方人"，这话用在火烈鸟身上也非常恰当。作为一名当地居民，同时也是白鹳的亲戚，再加上食物上互不相扰，因此火烈鸟和欧洲白鹳相处得还不错。蹒跚而来的疣猪对欧洲白鹳也构不成威胁，因为它们是典型的素食主义者。尽管如此，这里的一切对于白鹳来说还是充满了陌生，它们显然不太适应当地的环境。因此，大多数白鹳都开始乘着正午强大的上升暖流向南飞去。不过，其中有一些似乎并不能确定是否应该继续向南飞，于是有的和它们的非洲远亲秃鹳组成了临时小组。

| 白鹳借助上升暖流起飞 | 组成临时小组的白鹳和秃鹳 |

| 争夺食物的秃鹳 | 数量庞大的白腹鹳 |

　　秃脑袋、大嘴巴的秃鹳看起来并不可爱，不过正像人类所说的"聪明的脑袋不长毛"一样，据说它们也很聪明。也许正是因为聪明，它们才长年居住在热带，而不像白鹳那样来回迁徙。

　　秃鹳跟大多数鹳不同，它们不习惯生活在湿地和沼泽，相反喜欢生活在比较干旱的非洲大草原上。而且，秃鹳经常和兀鹫混在一起，是一种专食腐肉的鸟类。但是，它和兀鹫的食性又不尽相同，兀鹫喜欢食用动物的内脏，而非洲秃鹳则比较喜欢肌肉组织。跟腐食性相适应，秃鹳的大嘴粗壮有力，头和颈裸露。不过，它们身上的羽毛其实挺漂亮的，背部、尾部和翅膀的颜色为黑色，前胸和肚子上全都为白色。

　　非洲秃鹳是非洲比较常见的鸟，也是最大的一种鹳，体重可达10多千克。另外，非洲秃鹳也是所有鸟类中翼幅最宽的，可达3米多。秃鹳长大后就不会叫了，但能用尖利的嘴巴敲出很大的声响，它们都是不折不扣的飞行高手。

　　且不说那些犹豫不决最终掉队的白鹳，到11月中旬，大部分白鹳已经抵达坦桑尼亚北部辽阔的草原，在这里欢迎它们的是大群的白腹鹳。大多数白腹鹳可能来自苏丹，它们已经飞行了2 000千米。许多白腹鹳将在这里度过几个月

夹在白腹鹳中的白鹳　　　　　　正在捕鱼的黄嘴鹳

的时光。白腹鹳又称暗羽鹳，主要分布于非洲，体色黑白相间，略有些像中国的黑鹳。

随着旅程的继续，越来越多的鹳类家族的成员也开始出现在这个庞大的队伍周围，比如凹嘴鹳。不过，凹嘴鹳的体型比白鹳整整大了三分之一。

凹嘴鹳又名鞍嘴鹳，主要分布于撒哈拉沙漠以南的非洲地区，喜欢栖居在平原、半干旱地区的河流、湖泊和沼泽地域，平时喜欢成对或者结成小群外出活动。它们大都在日间外出捕猎，用嘴在浊水中摆动，靠触觉捕食鱼、蛙、爬行动物、软体动物和昆虫。它们的巢穴都建在大树上，每窝可以产卵1～5枚，孵化期为30～35天。幼鸟为晚成鸟，3～4岁时可以达到性成熟。凹嘴鹳的寿命可以达到25年。

此外还有黄嘴鹳。它们一般生活在热带地区，孵化期在28～30天之间。

黄嘴鹳具有和丹顶鹤、白鹭这些涉禽类相同的典型特征，脚、脚趾和脖子都特别长，身体羽毛的颜色为灰褐色，嘴巴是明显的黄色，黄嘴鹳的名字就由此而

长相奇特的凹嘴鹳

锤头鹳

来。它属于食鱼类。在旱季，黄嘴鹳成群结队地飞到将要干涸的湖床上觅食。由于水洼里的鱼很多，所以黄嘴鹳采用了一种非常省力的办法：它们把嘴张开，然后等鱼自己闯进嘴里。还有一种是非洲钳嘴鹳。它们具有不同寻常的喙，这种钳子一般的喙最适合捕捉它们的主要食物——大钉螺。

歇息的非洲钳嘴鹳

白鹳迁徙大军，有一些会留在东非过冬，但是大多数会继续前进，沿着赞比亚河穿越赞比亚，飞向南方。它们会沿着东非大裂谷一直飞行，然后经过坦桑尼亚、莫桑比克、津巴布韦，接着到达南非共和国的边界。等它们最终抵达纳塔尔的时候，这长达1万千米的飞行也就到了尽头。

林波波河形成了津巴布韦和南非的边界。由于旱季尚未结束，所以河水还非常浅。阴凉处的温度也达到了43℃。毕竟，12月正值南半球的盛夏。白鹳站在水里，抵挡正午阳光释放的热浪。另外，它们还将在河边的沙滩上度过夜晚，尽量避免进入周围茂密的丛林。

克鲁格国家公园位于林波波河以南，绵延300千米，是野

飞翔的白鹳

等待坐收渔翁之利的苍鹭

林波波河的农场

白鹤在捕食毛虫

数量庞大的红嘴奎利亚雀

生动物的乐土。在这里，红嘴奎利亚雀的超强繁殖能力给农民造成了极大困扰。白鹤和红嘴奎利亚雀相比，简直是天壤之别，比如有一滩污水，白鹤绝对是躲得远远的，而红嘴奎利亚雀却可以悠然自得地在里面喝水、洗澡。

红嘴奎利亚雀是一种织布鸟，属文鸟科、奎利亚雀属，主要产于非洲撒哈拉干燥的稀树大草原。它既是一种笼鸟，也是非洲大陆最大的农业害鸟之一。它的体长大约为13厘米，样子和麻雀有些相似，但是具有明亮的红喙。

既然提到织布鸟，我们不妨也顺带说一下。织布鸟属于雀形目、文鸟科，主要产于非洲，在亚洲的大约有5个种类。顾名思义，织布鸟的特点就在于它们能够用草和其他植物编织鸟巢。织布鸟喜欢群居，往往会在一棵树上筑造十几个鸟窝。典型的雄性织布鸟羽毛呈黑色和黄色，雌性则没有那么显眼，体色呈淡黄色或者褐色，有些像麻雀。值得一提的是，有一些雄性织布鸟在繁殖季节过后会褪去色彩鲜艳的羽毛，变得像雌鸟一样很不显眼。

红嘴奎利亚雀通常栖居于不适合人类居住的荆棘和灌木丛地带。它们的繁殖期比较长，喜欢集群繁殖，而且具有高度流动性，繁殖区可以有几平方千米，或者几百平方千米。由于缺少足够数量的有效捕食者及单一的农业区，到处有水坑和农作物，种群数量有时可达几百万只。雏鸟阶段吃昆虫，然后吃灌浆阶段的草和谷物。人们曾经用毒杀、病菌、枪击，甚至用火焰喷射器和炸药攻击鸟群和其栖息地，但是直到目前为止它仍然是令人头疼的害鸟之一。

在一个快要干涸的湖边，一群白鹤决定停下来稍事休息。炎热的天气让它们不堪忍受，但是这也限制了鳄鱼的作战力。白鹤好像知道，离开水的鳄鱼没有能

白鹳和鳄鱼互不干扰

力威胁它们。不过，在空中寻找猎物的猛雕要危险得多，非洲猛雕在中国又被称为战雕，是非洲最强大的猛禽，也是世界上最大的 4 种猛禽即美洲角雕、虎头海雕、非洲猛雕、菲律宾鹰之一。它的平均体重在 6 千克以上，能够杀死羚羊家族中较小的成员。

事实上，四大猛禽可谓各有千秋，虽然分布地有所不同，但它们无疑都是令人生畏的空中杀手。

虎头海雕别名虎头雕，属于鹰科，是体型最大和最为凶猛的海雕。它的体长约 100 厘米，体重 2 800 ～ 4 600 克。身体羽毛大部分为黑褐色，具灰褐色的纵纹。虹膜、大嘴和脚都为深黄色，爪为黑色。前额、肩部、腰部、尾上以及尾下覆羽、腿覆羽及尾羽都是白色。它的尾羽有 14 枚，比同属的其他海雕多 2 枚。飞翔时从上面看，腰部、尾羽和两翅前缘的白色与黑色的两翅以及其余上体呈鲜明的对比；从下面看，白色的翼缘、白色的尾下覆羽、尾羽与黑色的下体的对比也很强烈。幼鸟的白色羽毛大多具有暗褐色斑纹。所有这些特征也成为了它区别于其他海雕的重要特征。

非洲猛雕

虎头海雕主要栖息于海岸及河谷地带，有时也沿着河流进入离海较远的内陆地区。它叫声深沉而嘶哑，能使人联想起猛虎的狂啸。它飞行缓慢，常在空中滑翔、盘旋或者长时间地站在岸边的岩石、沙丘上或者乔木树枝上，行动极为机警。它通常在崖壁或大树上以枯枝编巢。虎头海雕主要以鱼类为食，有时也捕食野鸭、大雁、天鹅等大小型水禽和野兔、鼠类等中小型哺乳动物，以及甲壳类动物和鱼、海兽等动物的尸体等。它的繁殖地主要有西伯利亚东部沿海、堪察加半岛、萨哈林岛、朝鲜及库页岛和阿穆尔河三角洲等。中国仅分布于辽宁的营口和大连，为夏候鸟。

虎头海雕的繁殖期为4～6月，巢多置于高大乔木顶部枝杈上或较粗的侧枝上，较为固定，一般多年使用，但每年都要进行修理和补充新的巢材，巢也逐渐变得越来越庞大。巢的形状为盘状，主要由枯枝构成。每窝产卵1～3枚，通常2枚。卵的颜色为白色，中间杂有一些绿色。孵化期为38～45天。雏鸟为晚成性，大约经过70天后可以离巢。

目前，虎头海雕的分布区域日益狭窄，数量也极为稀少，估计全世界仅有6 000～7 000只，在中国更为少见，所以被列为国家一级保护动物。

至于菲律宾鹰，它的名声似乎更响。它是菲律宾的"国鸟"，被人们赞为世

成双成对

界上"最高贵的飞翔者",有"鹰中之虎"的美誉。菲律宾鹰是目前所有大型森林鹰类中最为珍稀的一种,体态强健,体长近1米,重4千克以上,两翅展开长达3米。

菲律宾鹰主要捕食各种树栖动物,比如猫猴、蝙蝠、蛇、蜥蜴、犀鸟、灵猫、狐猴以及野兔、田鼠等。在啄食猴子的时候尤其凶残,因此有人习惯于把它称为"食猿雕"、"食猴鹰",但是由于人类的肆意捕杀,人类开垦土地造成森林急剧减少,这种曾遍布于菲律宾丛林中的食肉动物已经濒临灭绝。除了人类活动的影响外,菲律宾鹰本身的特点也是它濒临灭绝的重要原因。菲律宾鹰一生只求一个伴侣,对爱情非常忠贞,这在很大程度上限制了繁殖率。

目前,菲律宾仅存不到500对菲律宾鹰,主要集中在棉兰老岛的雨林中。为了挽救濒危的菲律宾鹰,"菲律宾鹰中心"研究人员数十年来一直致力于人工繁殖。

虽然这些空中杀手远在千里之外,不过非洲猛雕就近在眼前,因此白鹳显得非常不安。经过短暂的休息之后,白鹳又起飞了,看来这里并不是它们理想的乐园。但是,和刚从欧洲南飞的时候相比,它们的迁徙速度已经明显放慢。看到角马后,一些白鹳着陆了,也许这些角马让它们想起了它们喜欢跟随的欧洲奶牛。

其他一些白鹳继续自己的旅程,它们终于到达了纳塔尔辽阔的草地。这里位于德拉肯斯堡山脉脚下,是欧洲白鹳最重要的越冬区之一。它们三三两两地分布在整个地区。此时的南非是1月,正值盛夏,同时也是雨季。当风暴来临的时候,温度会骤然下降,有时会在几小时之内下降30℃。所以除了乡村,这里的天气也让白鹳想起了它们的家乡。对非洲的鸟儿来说,寒冷、水雾和毛毛细雨当然让它们很不适应。圣鹮和凤头鹮也都有这样的感受。

凤头鹮是全世界最为罕见的一个物种,它的全身覆盖有白色的羽毛,脸为红色,具有长而弯曲的喙,外形十分独特。过去,凤头鹮生存在中国东部、日本和韩国,但因遭到大量猎杀,最近公认它已在野外绝迹。但是,经过人们的不懈

挑衅的黑冠夜鹭

努力，到1984年，凤头鹛的数量已经增加到了17只，截止到目前则已经超过了40只。

当白鹤长舒了一口气，正准备歇息时，一只黑冠夜鹭悄然而至。它的胆量不小，居然敢攻击体型比它大很多的白鹤。

黑冠夜鹭属于鹳形目鹭科，体长大约54厘米，是一种头大、颈短、健壮的中型鹭类。成鸟的头顶、上背和肩羽为黑绿色，具铜绿色金属光彩；颈部和胸部为白色，颈背有两条白色丝状羽。嘴为黑色，脚黄色，虹膜为鲜红色，繁殖期腿和眼先为红色。亚成鸟的身体为茶褐色，上面点缀着纵纹和斑点，虹膜为黄色。

黑冠夜鹭大都栖息于开阔地带，多停歇在田地或居民点附近的大树上和竹丛上，经常十多只或数十只结群活动。它们白天在树上休息，黄昏时分三五成群分散取食，在沼泽滩地及水稻田中觅食昆虫及其他小动物，有时甚至食用其他鸟类的巢材。

你知道吗？事实上黑冠夜鹭是欧洲苍鹭的亲戚。

欧洲苍鹭是一种非常独特的鹭类，长约1米，体重1 300～1 900克，头侧、枕和两条长辫状冠羽为黑色，前颈有2～3列纵行黑斑，飞行时翼上前后颜色对比很强，未成年鸟较灰，颜色对比较弱。

欧洲苍鹭为候鸟或地方性留鸟，以鱼类、青蛙和昆虫等动物为食，主要栖息于沿海的沙洲、河口、内陆河流、湖泊、水库、沼泽地和水田地带。它们大都喜欢单独行动，有久立等待捕捉食物的习性，因此又被称为"老等"。飞行时，它的两翅鼓动极为缓慢，颈部缩成"S"形，两脚向后伸直，远远拖于尾后，傍晚飞行时常发出低沉粗哑的"哇、哇"的叫声。在捕猎时，它会长时间站立在浅水中，等小鱼游近之后快速伸颈啄捕。在捕到大鱼后，它会将鱼先在岸上摔死然后

聚会

吞食。吃鱼时总是让鱼头先入口，以免被鱼鳍刺伤。食物中不消化的部分会从口中吐出来。

4～6月为欧洲苍鹭的繁殖季节。这时候，雌雄鸟共同筑巢于岸边的悬崖峭壁或者高大乔木上，有的也在苇丛中建造巢穴。欧洲苍鹭每窝产蓝绿色卵3～6枚，雌雄共孵，24～26天出雏。

黑冠夜鹭的不自量力并没有影响白鹤的心情。如今，南非的夏天已经呈现出一片欣欣向荣的模样。一望无际的紫花苜蓿令人心旷神怡，流连忘返，同时也让

长途跋涉的白鹳轻松了许多。在这里，它们甚至已经没有了对人类的恐惧。但是，在近东、北非和东非，白鹳还是非常害怕人类。

到2月初，白鹳又会踏上返航的旅程，它们返回欧洲所花的时间比较短，因为它们必须赶在繁殖季节完成自己的重要使命。然后，它们将在那里度过4个月，养育幼雏，接着它们又会开始迁徙之旅。这就是它们一生永远不变的生活。

PART 09
野性赞比亚

1868年7月18日，当伟大的非洲探险家戴维·利文斯通来到赞比亚中部的拜昂维罗沼泽时，呈现在眼前的各种各样的动物简直让他目瞪口呆。那时候，赞比亚的河流里到处可见河马的身影。非洲东南部的草原作为世界上动物资源最丰富的地区之一，更是孕育了不计其数的野生生命。从赞比西河流域一直向北，地势上升为高原。这个高原的海拔超过了1 000米，上面覆盖着大片的热带稀树草原。这里曾经是野生动物的天堂，但是到了今天，动物群已经显得稀稀落落。

赞比亚自然风光

　　究其根源，这主要是由当地贫困的经济条件所决定的。当地人完全依靠土地为生，对畜牧业一无所知，因此他们只能通过猎杀动物来满足对蛋白质的需求。每年旱季，他们都会烧毁大面积的植被，这使偷猎变得更加容易，更何况他们认为灰烬是天然肥料，能促进玉米和黍子生长。但是，仅仅两三次收成以后，土壤就会衰竭，在这种情况下，他们只能继续焚烧植被，创造新的土地。人们在九十月份进行烧荒，这对森林造成了极大危害。在野草燃烧的同时，火焰升起的温度也会损伤树木。但是，生活的艰难让他们很少考虑后果。随着森林土地的锐减和大量野生动物的被猎杀，赞比亚政府果断采取行动，将30％的土地划为了禁猎区和国家公

赞比亚人的烧荒行为严重破坏了自然环境

| 北卢安瓜国家公园内的生态旅游 | 卢安瓜河的大象群 | 非洲最迷人的雄性大弯角羚 |

园，北卢安瓜国家公园就是其中之一。

在这个国家公园内，侥幸从偷猎者枪下幸存下来的动物们变得更加小心翼翼，稍有风吹草动就会亡命逃跑。毕竟，它们不仅要面对自然界中的捕猎者，还要面对人类的猎枪，是现实教会了它们现代社会的生存法则。不过，有些动物似乎已经习惯了这种生活，它们依然故我地继续着自己的生活。

白天，它们躲藏在浓密的丛林中，很少在开阔的草地上活动，白色的条纹为它们提供了完美的伪装。它们和树木几乎融为了一体，就算是在咀嚼食物，它们也只有嘴部在动。它们就是大弯角羚。

拜昂维罗沼泽的动物奇观

大弯角羚长有带白色细长竖纹的棕色皮毛，雄性有螺旋形弯曲的长角，最特别的是拥有一对喇叭花似的耳朵。它是长角鹿的一种，属于偶蹄目、牛科。大弯角羚的身高在150厘米左右，体重可达240千克，主要生活在非洲南部的加纳、安哥拉、莫桑比克的山林地带。

大弯角羚喜欢在多岩石的山地、丘陵或者浓密的丛林中生活，主要以吃草、水果和树叶为生。它们通常都是以家庭为单位群居在一起，有时候成员的数量

雌性大弯角羚

可以达到几十只。大弯角羚大都在夜晚外出活动，白天大都躲在树阴下休息。大弯角羚通常在1.5～3岁时达到性成熟，而且常年可以繁殖，没有固定的繁殖季节。雌性的孕期一般为270天，每胎只产1只幼仔。大弯角羚的寿命可以达到16年，最长可以达到20年。

大弯角羚的听觉非常灵敏，周围稍有风吹草动都会有所警觉。而且，它非常擅长跳跃，一跃就可以跳出6米多远，2.5米高，称得上是不折不扣的跳远冠军，不过它跑起来的样子显得非常笨拙，但这并不影响整体感觉。在跑起来的时候，它的小尾巴上翘，露出白色的绒毛，非常好看。

事实上，在丛林中生活的羚羊并不是只有这一个种类，除了大弯角羚之外，这里还生活着非洲大羚羊。

这些珍贵的非洲大羚羊原产于非洲大陆。它们的毛色呈现为褐红，毛发柔软光滑，身上还布满了美丽的白色条纹。非洲大羚羊是世界上最稀有的动物之一。传说，大羚羊的祖辈一直生活在肯尼亚和乌干达地区。成年雄性大羚羊的体重可以达到250千克，犄角有1米长，但是由于多年战乱和乱砍滥伐，现在生活在非洲大陆上的野生大羚羊数量还不到100只。

由于人类活动的影响，非洲大羚羊已经变得风声鹤唳。不过，除此之外，它们还要面对自然界中的各种杀手，比如狮子和猎豹。一些老弱病残往往难逃噩运，这或许就是它们

奔跑的非洲大羚羊

被偷猎者迫害失去鼻子的小象

无法改变的宿命。而且，每当狮子和猎豹享受完美餐之后，其他守候在旁边等待接手一些残杯冷炙的家伙们就会蜂拥而上，展开第二轮抢夺，这其中就包括当地一种著名的猛禽——白背兀鹫。

白背兀鹫也叫拟兀鹫，是一种大型猛禽，体长大约在83～89厘米之间。顾名思义，白背兀鹫的下背、腰部和腿内侧的覆羽为白色，上体为黑色，翅下具有白色带。白背兀鹫的虹膜呈现为黄褐色或者淡褐色，嘴为暗铅色或铅绿色，嘴峰为灰色或黄白色，蜡膜为亮角黑色，脚和趾为铅绿色、铅灰色或者黑色。头部和颈部为灰色，几乎完全裸露，并且点缀有少量稀疏的、成斑状的、细如发丝一样的淡黄色发状羽，后颈的基部具有长而呈绒毛状的污白色簇羽是它与众不同的特点之一。站立时明显可以看见其裸露的头颈、白色的下背和颈部白色绒羽状的簇羽，与黑色的身体形成鲜明对比，飞翔时黑色的下体和黑色的飞羽同白色的翼下覆羽也形成了强烈对比，因此无论飞翔或者站立都很容易识别。

躺在水中休息的河马

等待机会的白背兀鹫

白背兀鹫喜欢栖息于开阔的低山丘陵和山脚平原地区，通常不吃活的动物，除非在特殊情况下。它一般也不会主动攻击人和动物，在食物匮乏和饥饿的时候，也捕食青蛙、蜥蜴、鸟、小型哺乳动物和大的昆虫，尤其喜欢吃动物的腐尸，因此也有"自然界的清洁工"之称。

白背兀鹫大都喜欢在空中独自翱翔或滑翔，并且会发出"咔、咔"的叫声。它经常独自在开阔的低地上空飞翔搜寻食物，偶尔也到1 500米高处的荒山裸岩地区寻找动物尸体，发现尸体后，个体会迅速聚集起来，尖叫争抢。

白背兀鹫的繁殖期一般在11月到第二年的3月。它通常在小镇或者村庄附近的高大树木上建造巢穴。它们经常有若干对在一起营巢，彼此离得很近。有人曾在一棵大树上发现了15个巢，甚至在一小块丛林内发现了30～40个巢。有时，每对也会单独营巢。在没有外界干扰和破坏的情况下，它们的鸟巢可以多年使用。白背兀鹫每窝产卵1枚，偶尔也有2枚的情况。卵为白色，一般情况下没有斑点，偶尔有红褐色或者红色的斑点。孵卵工作由亲鸟轮流完成，孵化期一般为45～52天。雏鸟为晚成性，孵出后由亲鸟共同喂养，大约90天左右离巢。

事实上，在非洲地区，除了白背兀鹫以外，还有其他一些猛禽，比如和它关系很近的头巾兀鹫、黑兀鹫和胡兀鹫。

黑兀鹫也是一种大型猛禽，体长80～83厘米，体重大约有3 700克。它的虹膜为黄色或者红褐色，嘴粗大而且强壮，呈暗褐色，下嘴基部为黄色，蜡膜为橘红色，鼻孔呈椭圆形。腿后边的皮肤裸露，颜色为暗橙红色，脚为暗红色或者肉色。黑兀鹫的体型比较粗壮，头部和颈部裸露无羽，露出橘红色的皮肤，颈部两侧各有

闻讯赶来的头巾兀鹫

一个从耳部下方悬垂下来的巨大肉垂，颜色也是橘红色。耳部有一圈黑色的刚毛，颊部、眼部和头顶的两边也有少许黑色刚毛。颈部下方的撮羽和覆腿羽为白色，其余羽毛均为黑褐色，上体还具有金属的光泽。飞翔的时候黑色的翼下有一条白色的横带，前胸和后胁的白斑和通体的一片黑色形成鲜明对照，反差极为强烈，即使在高空飞翔的时候也清晰可辨。

黑兀鹫主要栖息于开阔的低山丘陵、农田耕地和小块丛林地带，有时也在茂

密的森林地区生活。黑兀鹫生性大胆而且好斗，经常单独或者成对活动，在地面上取食的时候喜欢聚集成小群。它主要以动物尸体为食，有时也捕食鸟类和小型兽类。

黑兀鹫的繁殖期和白背兀鹫有些相近，主要在12月到第二年的1月，有时也在2～3月。它通常营巢于村庄附近的果园和农田等开阔地区的树上，偶尔也在森林地区、稀疏灌木丛地区或者丛林中的树上营巢。鸟巢呈盘状，用粗细枝条构成，里面垫有细的枝条、绿叶、青草以及兽毛和碎屑等。雄鸟和雌鸟共同参与营巢活动，而且两者有一些分工，通常雄鸟负责寻觅巢材，雌鸟则负责筑巢，每窝产卵1枚，颜色为白色，上面有红色的斑点。孵卵工作由雌鸟和雄鸟轮流完成，孵化期一般会持续45天。

庞大的野牛群

无论是白背兀鹫还是黑兀鹫，它们之间在许多地方都具有相似之处。但是，在非洲草原上还有另一种兀鹫，相比之下，它们显得非常特别，这种兀鹫就是胡兀鹫。

胡兀鹫的奇特之处首先表现在它的外表上。胡兀鹫的眼睛前方和后方长有黑色的须状羽毛，形成宽大的贯眼黑纹，颏下长着一撮长长的富有弹性的须状羽毛，就像一把山羊胡须，再配上锐利而呈钩状的弯嘴，看起来就像一位面目狰狞的"老头"。胡兀鹫的头部和颈部都没有裸露区，翅形比较尖，尾部呈楔状。胡兀鹫的体型很大，从嘴尖到尾端的全长可以达到1 300多毫米，体重接近6千克，两翼展开的宽度超过了2米，因此在阿尔卑斯山地区，它又被称为"阿尔卑斯巨鸟"。胡兀鹫飞行鼓动双翼时，有时会发出一种奇异的笛声。和其他秃鹫、兀鹫相比，它不仅吃尸体，也捕食一些活的鸟、兽，甚至还有袭击人的记录，最奇特的是胡兀鹫喜欢吃骨头，因此又有"鸟中鬣狗"的绰号。

胡兀鹫大都栖息在海拔2 000～5 000米的高原和山地。天气晴朗时，在高空盘旋飞翔，有时也数10只或20余只结群翱翔，一旦发现地面有动物尸体，就盘旋下降，但并不直接落到尸体附近，只有等确认没有危险后才会缓慢地走近尸体取食。

和人类对峙的大象

胡兀鹫是名副其实的飞行高手。凭借发达的胸肌和宽阔的双翼，它可以在空中翱翔盘旋达十几个小时之久，飞行高度可达6 000余米。它非常善于利用上升气流在空中滑翔。除此之外，胡兀鹫还有一项绝技。它能够借助尾羽的摆动和飞羽的轻微转动，在距离地面只有3～5米的高处进行快速超低空飞行，以追逐猎物。这和现代高速飞机利用襟翼

夕阳下的象群

提高升力，以适应低空飞行非常相似。

胡兀鹫虽然凶猛，但是它的一些行为仍然充满了孩子气，有时甚至让人忍俊不禁。它吃骨头的方法非常有意思。它喜欢把骨头从50～60米的高度扔到下面的岩石上，让骨头与石头相撞碎裂，然后再下来啄食。如果骨头没有撞碎，那它只能连续扔上好多次。如果连续几次都不行，胡兀鹫就会放弃。

胡兀鹫不仅长相奇特，繁殖时间也和其他鹫类不同。它一般在冬季产卵繁殖。鸟巢通常建在悬崖峭壁的平台处或者岩洞中。鸟巢呈碟状，直径达1米。雌雄鸟都参与筑巢工作，建筑材料主要以树皮、枯草和灌木枝为主，其中也夹杂着一些动物的骨头和羽毛等。通常，一个这样的鸟巢可以持续使用数年时间。胡兀鹫的产卵时间大都在1～2月，每窝有两枚卵，卵呈椭圆形，颜色为黄白色，中间夹杂有一些暗色斑，卵的大小为85.0毫米×67.4毫米，雌鸟和雄鸟都参加孵卵；3～4月，雏鸟出壳，6～7月就可以离巢飞翔。和成年鸟相比，青年胡兀鹫通体为黑色，而且颏下也有"山羊胡须"。

在整个鹫类大家族中，胡兀鹫不仅是一个十足的另类，而且也最狡猾，做事非常机警小心。胡兀鹫、高山兀鹫、渡鸦经常在一起合伙取食家畜或者野生动物的尸体。在发现食物后，打头阵的首先是渡鸦，它在啄食尸体的间隙发出高声鸣叫；随后，高山兀鹫紧跟而至，不过它吃东西比较挑剔，一般只吃猎物的内脏；确定没有任何异常情况之后，在远处观望的胡兀鹫才会飞到尸体跟前撕食猎物的骨头和肉。如果有人走近，首先逃跑的是渡鸦，然后才是高山兀鹫和胡兀鹫。渡鸦之所以能够和高大威猛的高山兀鹫与胡兀鹫共同取食，而且后两者对它也听之任之，原因就在于渡鸦充当了它们的"侦察员"和"哨兵"。作为回报，渡鸦可从中分得一杯羹而不必担心被两个凶神赶走。

高山兀鹫究竟是一种什么样的猛禽呢？

高山兀鹫又名座山雕、黄兀鹫，属于隼形目、鹰科。它的全长大约有110厘米，体重8～12千克左右，两翅张开宽达2～3米，堪称飞鸟中的庞然大物。羽

小象

毛的颜色变化较大，身体各部位的颜色也比较独特。成年兀鹫上体除翅、尾是褐白色，下体为褐色外，头部和头侧都裸露具丝状羽毛，颈部具乌白色绒羽，上胸及颈基部具较长的矛状羽，背、腰、肩羽呈褐白色，各羽具白缘。飞羽黑褐色，内侧飞羽具乳白色端。颔、喉白色，胸和肋部褐色，胸部中央暗褐色，腹部色较淡，尾羽黑褐色。另外，嘴灰绿色或铅灰色，脚暗绿灰色。

由于较少捕食活的动物，高山兀鹫的脚爪大都已经退化，只能起到支持自身身体和撕裂猎物的作用，不过这也使它可以更方便地在地面上奔跑和跳动。它的嘴强劲有力，这使它能够有力地从猎物身上扯出其中的内脏。另外，由于取食尸体的需要，它的头部和颈部的羽毛变成了短短的绒羽，或者干脆裸露无羽，这样可以很方便地将头部伸进动物死尸的腹腔之内，而不会污染羽毛和造成阻碍。高山兀鹫的视觉和嗅觉都非常敏锐，常在高空翱翔盘旋寻找地面上的尸体，也常通过嗅觉闻到腐肉的气味而向尸体集中，有时为了争抢食物而相互攻击。它不太善于鸣叫，叫声为"嘶，嘶"或"哼，哼"的喉音。

高山兀鹫大都喜欢栖息于海拔2 500～4 500米的高山、草原和河谷地区，有时也停息在较高的山岩或者山坡上。它们主要以尸体、病弱的大型动物、旱獭、啮齿类动物或者家畜等为食。高山兀鹫的筑巢地大都位于悬崖峭壁等人和动物难以接近的地方。据说，它非常喜欢用细长如剑的藏羚角来筑巢。通常情况下，高山兀鹫每窝产卵1枚，卵的颜色为白色或者淡绿白色，表面光滑无斑，偶尔会有一些褐色的斑点。每对经常单独繁殖，有时也会有4～5对在一起繁殖的情况。

在中国，高山兀鹫主要在青藏高原及邻近地区栖息繁殖，在藏区被奉为将灵魂送入天界的神鸟，绝对不准捕杀伤害。冬天的时候，高山兀鹫会有部分个体迁飞到云南西部的怒山山脉、高黎贡山山脉以及东北部的昭通等地越冬。令人迷惑不解的是，高山兀鹫吃各种病死的动物或腐烂的尸体，自己却从来不生病。有人分析发现，它们的消化液和粪便均有很强的杀菌作用，这可能是它们不生病的原因之一。

对于高山兀鹫，人们把它称为神鸟，心里对它充满了敬畏。但是在这里，在赞比亚的这个北卢安瓜国家公园，另一种生命物种也让所有人对它们畏惧三分。它们虽然体型不大，却有恃无恐，有时甚至会明目张胆地闯入人类的生活区，它们就是臭名昭著的捕鸟蛛。

捕鸟蛛属于比较原始的一种蜘蛛种类。它主要分布在

外表恐怖的捕鸟蛛

中印半岛南部、南美洲和爪哇岛等地。它是一种巨蛛，身体总重量可以达到90克，一般长7厘米左右，有的可达10厘米长，身体呈灰色。身上披着坚硬而且非常细的长毛，南美洲和北美洲捕鸟蛛身上的某些部位可能还长有一种刺激性的短毛。捕鸟蛛长有多只眼睛，相互排列成斜十字形，形态丑陋，令人不寒而栗。捕鸟蛛的身子虽大，但是头部却很小，只有一个玻璃球大。它的嘴更小，只有一个沙子粒那么大。

捕鸟蛛主要以捕食昆虫为生，而且也喜爱捕食小鸟、蜥蜴和蛤蟆，因此，它们的"天罗地网"编织得非常坚实，有些可负荷300克左右的重物。它们在造网的时候会设置一根"信号带"，从网的边缘一直连到脚上。所以每当蜘蛛网逮住猎物的时候，"信号带"就会收缩，这时候捕鸟蛛马上就会知道又有美味送上门了。

捕鸟蛛属于卵生动物，雌雄交配后终身产卵。捕鸟蛛的生殖能力非常强，所产卵的大小和小型鸡蛋一样，只不过鸡蛋的形状为椭圆形，而它是扁圆形。卵的直径有5厘米、厚1厘米，每个卵可以育出多则500只、少则不下200只的幼蛛，而且成活率很高，可以达到60%～70%。捕鸟蛛的寿命在12年左右，终身脱壳25次，每脱一次壳，身体就会壮大一层。

事实上，对于狼蛛，最令人震惊的还要数雌性和雄性之间的求偶和交配行为。一般来说，雌性狼蛛的身体都比雄性狼蛛大。雄性狼蛛在求偶的时候会进行一场精心设计的求爱仪式。它们弯曲前腿，并摇摆身体，而雌性狼蛛的选择有三种：接受求爱、逃跑或者将对方吃掉。据说，如果对方是陌生者，它通常会拒绝对方，而且经常会将对方吃掉；如果对方看上去似曾相识，它往往会宽待对方，甚至会接受对方的求爱。雌性狼蛛这种以经历择偶的现象表明，动物也具有社会识别意识。不过，有时候雌性狼蛛在交配完之后也会将对方作为自己的美餐。

虽然狼蛛是一种残忍的动物，就算对待自己的情侣也毫不留情，不过任何事情都有它的两面性。它也并非一无是处，至少人类就因为它而受益匪浅。说出来，你可能不信：狼蛛全身都可以入药，有消炎、解毒和消肿瘤的功能。捕鸟蛛的毒性名列世界百余种剧毒之内，效力远远胜过了砒霜。

当然，说到毒性之强，它的许多同类也毫不逊色，甚至有过之而无不及。

一种是中华狼蛛。它的全身密布黑色、白色以及黄色的细毛，头部、胸部和背面呈现为棕褐色，中央有一黄棕色的纵斑。它的身体前宽后窄，中窝明显，体长3～4厘米，为穴居蜘蛛。它大都在平原地区的棉花、小麦、大豆等农作物的田间挖穴筑巢。

还有一种是棒络新妇蛛。这种蜘蛛的体长3～5厘米，头胸部背面为黑褐色，螯肢为黑色，触肢为黄色，中央前半部有一黄色短棒状斑，后半部都有一黄格形斑，经常在果园和水稻、玉米等农田作物以及林间活动，尤其以林区分布最多。它经常在植株或者树枝上结复杂的三重金色大网，系结网型蜘蛛，善于捕食各种飞行的昆虫。每只雌蛛年繁殖幼蛛800～900只。每400～500只蜘蛛可产1克毒。

白额巨蟹蛛是一种在室内经常可以看到的蜘蛛。它的身体宽短而且扁平，步足左右伸展能够横行，体型较大。5～6月份产卵，每只雌蛛可繁殖500～600只幼蛛，600只蜘蛛一次就能产1克毒。

沟纹硬皮地蛛的体长3～4厘米，雌蛛全身黄褐色，头胸部、背部呈叉状排列，螯肢呈长柱状。胸板灰黑色，周围有8个灰白色小圆斑。它属于穴居型蜘蛛，巢穴呈管状，在洞口周围有放射状蛛丝。每只雌蛛每年繁殖小蜘蛛800～900只，每800～1 000只蜘蛛可产1克毒。

这些都是它的同类。事实上，捕鸟蛛可以分为三种，分别是虎纹、黑纹和黄纹三种，其中黑纹捕鸟蛛又被称为黑寡妇蜘蛛。它是一种常见的毒蜘蛛，人被它咬伤后很可能会导致死亡。

黑寡妇蜘蛛是所有毒蜘蛛中最有名、毒性也最强的一种。它全身大都为

黑色，腹部有红斑，所以又称红斑毒蜘蛛。其实，雄性黑寡妇蜘蛛性格温和，毒性很小，不会袭击人。雌性黑寡妇蜘蛛体积大约有4厘米大，公的相对较小，只有大约2厘米，整只蜘蛛通体漆黑，但是雌性蜘蛛腹部中间有鲜红色的梯形图案，这是非常醒目的特征。另外，雌性黑寡妇蜘蛛的性情相对来说比较歹毒，它们平常以捕食昆虫、小爬虫，甚至小动物为食，有时候也会攻击无意中招惹它们的人，更可怕的是，它对自己的丈夫同样也不会放过。雌性黑寡妇蜘蛛是世界上毒性最强的蜘蛛之一，它的毒液比响尾蛇毒还强15倍，任何动物一旦被它咬伤，就会出现从肌肉到整个神经系统的剧烈疼痛，乃至死亡。

黑寡妇蜘蛛分布的范围相对来说比较广，在热带和温带地区都可以发现它们的身影，比如在北美会出现在北到加拿大南端，南到美国加州、佛罗里达州的广阔地区。黑寡妇蜘蛛喜欢藏身在阴暗的角落，比如大排水管中，或者岩洞内，所结的蜘蛛网并不规则，而且大多结在靠近地面的墙角或者暗处。

当黑寡妇蜘蛛咬人时，当事人可能会感觉到针刺般的感觉，接下来伤口四周的肌肉会出现痉挛，并逐渐漫延到全身。患者同时会出现腹绞痛、头痛、焦虑不安、流冷汗、颤抖、心跳加快、血压升高等症状，严重者甚至会出现心脏或呼吸衰竭，有致死的可能。

说了这么多，你可能最想知道的还是它们最悲壮、也最悲惨的交配情况。所有的雄性黑寡妇蜘蛛在性成熟之后，就开始四处寻找自己的爱人。在找到心仪的对象之后，它们的灾难很可能也就降临了。

位于公园深处的幕夫维小屋

在蜘蛛的世界中，通常雌性的体型远大于雄性，这一点黑寡妇蜘蛛表现得

| 外出捕食的食蜂鸟 | 哺育幼雏的食蜂鸟 |

最为明显。它的雌性的体重比雄性重了100倍，是雄蛛和雌蛛相差最大的一种蜘蛛。对于人类和不少其他动物来说，高大魁梧的雄性更容易获得雌性的青睐。但是在蜘蛛世界，这个择偶原则完全失效了。对于大腹便便的雌蛛来说，那些短小精悍的雄蛛更容易获得它们的欢心。雄蛛在准备交配时，先用蛛丝织成一个小网，射进一滴精液，然后再将精液转移到肢须附节的球形囊内，再寻找雌蛛，完成授精工作。

为什么会出现体型越小、越容易交配的奇怪现象呢？答案其实就在雌蛛身上。雄蛛要想和雌蛛交配，第一关就是要能避开天敌的伤害，许多雄蛛就是在寻找雌蛛的过程中不幸身亡的；第二关是要避开雌蛛无情的攻击；第三关是要能迅速爬上雌蛛那巨大的身体，就像在爬一座小山一样。要过这三关，就得有奔跑速度，如果速度慢了，雌蛛就有些不耐烦，那雄蛛就可能被吞食了。

根据科学家的研究，雄蛛的运动速度和体型成反比，所以体型较小的雄蛛可以较快地到达雌蛛的身上。当然对于雄蛛而言，体型本来就不大，所以速度便成了保命的护身符。它们同时也发现，有些雌蛛对体型较小的雄蛛会有较长的交配过程。交配完成之后，也是那些体型小的黑寡妇雄蛛极有"眼色"，它们不再贪

恋那"温柔之乡",迅速地离开雌蛛那硕大的身体,慢一刻就可能进入雌蛛的腹中了。

虽然绝大部分黑寡妇雄蛛在交配过后还是免不了"壮烈牺牲",成为雌蛛的一顿美餐,但是繁殖后代的本性还是让雄蛛前赴后继地向雌蛛进军。正因为它们具有这种"献身"的本能,才没有让黑寡妇蜘蛛这个种类毁灭在"恶毒"的雌蛛嘴里。

对于这种外表丑陋、行为可怕的狼蛛,每个人在感叹生命奇特的同时,心里多少也会有些不舒服。事实上,作为一种生命物种,自然界都赋予了它们独特的生存方式,由此来维持生态的平衡,美丽的食蜂鸟和黑冕鹤也不例外!

黑冕鹤又名西非冠鹤、西非冕鹤、戴冕鹤。它的体长大约有100厘米,头上的冠羽呈现为金黄色,因此有人又把它称为"皇冠鹤"。它的头顶前部有黑色毛垫,上颈有大簇稻草色的线状羽毛;全身羽毛为近似黑色的深灰色;翅上的羽毛为浅色及白色,但初级飞羽为栗色。喉部有一小红肉垂,后趾长而有别于一般鹤类。黑冕鹤没有环状气管,因此叫声比较弱小。它主要分布于非洲几内亚、阿比西尼亚西部的草原和沼泽地带,原来数量较多,由于西非干旱等原因,数量已减少到几千只,但是在苏丹还有6~9万只。尼日利亚甚至将其定为国鸟。

卢安瓜河边的黑冕鹤

| 外表奇特的螳螂 | 国家公园内的长颈鹿 |

　　当我们看到黑冕鹤在河滩中央闲庭信步时，当我们看到非洲大羚羊或者大弯角羚在草原上奔跑时，当我们看到长颈鹿们悠闲地享受果实时，我们不禁为自然界的美丽和多样而感慨。所以，请珍惜这份美丽，请爱护这片宁静！

PART 10
富有的海岸

在这里，25%的国土面积都被划为了森林公园，绿色几乎涂满了这个国家的版图，自然景观更是遍及每个角落，这就是哥斯达黎加，一个在中美洲举足轻重的生态家园。

据说，哥斯达黎加名字的来源和哥伦布密切相关。1502年，当哥伦布抵达中美洲这块新大陆的时候，水手们看到广阔的海岸线后就发出了"富饶的海岸"的惊叹，哥斯达黎加的国名由此而来。除此之外，哥斯达黎加还有另一个美誉，人称"南北美洲野生动物园"。

美丽的哥斯达黎加海岸风光

哥斯达黎加位于中美洲地区的南部，在尼加拉瓜和巴拿马之间，1821年获得独立。它东临加勒比海，西临太平洋，国土面积50 100平方千米，人口总数约335万，主要是白种人和印欧混血人种。官方语言是西班牙语，首都是圣荷西。哥斯达黎加是中美洲生活水平最高的国家，经济以农产品出口和旅游业为主，农产品主要是咖啡、香蕉。

哥斯达黎加境内的地理结构错综复杂，山地纵贯，火山密布，沿海则多为平原。从西北尼加拉瓜边境延伸到东南巴拿马国界的火山山脉，将整个国家一分为二。中央高地地势高低起伏，高地中部是广阔的平原，平均海拔在1 000～1 500米之间，哥斯达黎加的四大城市，包括首都圣荷西都位于这个地

哥斯达黎加海岸的寄居蟹

区。哥斯达黎加的加勒比海海岸线长212千米，沿海地区终年雨量丰沛，布满了红树林、沼泽、湿地、内地水道和浅滩。太平洋沿岸的情况则截然不同，海岸线长达1 016千米，有一系列的半岛及海湾临海地带，除了红树林、沼泽及浅滩外，是一片热带干燥林区，一年之中有好几个月的干旱期。

哥斯达黎加的气候条件截然不同，彻底颠覆了一年四季的分类，这里只有两个季节，4月到12月为冬季，降雨多，12月底到第二年4月为干季，也称为夏季。首都圣荷西的年平均气温最低为15℃，最高为26℃；沿海地区的气温相对来说比较高，加勒比海地区的夜平均温度为21℃，日平均温度为30℃。

哥斯达黎加虽然只是一个弹丸小国，但是境内多火山：波阿斯火山口直径为16千米，是南美洲最大的火山口；伊拉苏火山为世界著名的间歇性火山；阿雷纳火山则是世界上最活跃的火山之一，同时也是哥斯达黎加境内最著名的一座火山，许多游客到这里都是为了一睹它的壮观景象。

阿雷纳火山位于首都西北方大约147千米处，方圆几千米都能看到它的锥形火山口，在蓝天白云的映衬之下，格外宏伟。火山海拔高1 633米，1968年7月29日曾经有过一次大爆发，据说当时的熔岩覆盖了超过700公顷的地表，造成了很大损失。现在，要观看火山，游客只需到阿雷纳火山国家公园，站在小路或者附近的山头就可以大饱眼福。火山间歇喷发，在上空造成很大的火山灰雾，巨大的轰鸣声在方圆几十千米外都清晰可闻。到了晚上，阿雷纳火山的景观更加壮观，岩浆卷着被高温熔化的山石向坡下翻滚，形成了诡异而又无比灿烂的"焰火"，通常至少延绵5千米远，从而成为中美洲著名的奇观之一。

总之，哥斯达黎加就像镶嵌在中美洲大陆上的一颗光彩夺目的宝石。它浑然天成的自然风光、野生动植物、国家公园以及保护区吸引了来自世界各地的游客。作为一个大部分边界都是海岸线的国家，哥斯达黎加拥有本地区最好的冲浪场所、丰富的海滩和阳光灿烂的天气。另外，火山、湖泊、太平洋以及加勒比海、雨林和山脉，都具有各自的环境和特点。

所有这一切都为哥斯达黎加发展旅游业提供了良好的基础。如今，哥斯达黎加已经成为拉丁美洲开展生态旅游颇有成效的国家。但是，在过去，人们为了发展农业，不惜肆意砍伐森林，从而使哥斯达黎加水土流失，土壤贫瘠。他们开发雨林，种植欧美人喜爱的食物。在国家的东部地区，炎热而潮湿的气候条件为香蕉提供了理想的生长环境。香蕉原产于印度—马来亚地区，16世纪被引入美洲。现在，它是哥斯达黎加的主要出口产品之一。香蕉3个月内就能成熟，所以一年可以收获好几次。不过，单种栽培极易受到霉菌和其他有害物的困扰。为此，这里的人们仍在使用多数工业化国家早已禁止的有毒农药。1990年夏天，大量特丁磷杀菌剂的喷洒导致附近几条河的鱼群全部灭绝，许多水路都受到了严重污染。

简单原始的刀耕火种种植方式和家畜的大量养殖都在加速森林的死亡。现在，哥斯达黎加有70％的森林已经荡然无存。为了改变这一状况，哥斯达黎加在1970年成立了国家公园局，并先后建立了34个国家公园和保护区，开展对

| 哥斯达黎加发展生态旅游 | 哥斯达黎加主要的香蕉生产 |

趴在树枝上休息的鬣蜥

哥斯达黎加奇特的皇冠鬣蜥

森林非破坏性的生态旅游活动。到20世纪80年代中期，旅游业的外汇收入成为这个国家外汇的最大来源，逐渐取代了传统上咖啡和香蕉的地位。

在哥斯达黎加旅游，你绝对会乘兴而来，载兴而返。各种各样的动物、奇形怪状的植物都会让你流连忘返。在枝叶掩映的河流两岸，就算这只一动不动的皇冠鬣蜥，也照样无法逃脱当地经验丰富的导游的眼睛。不过，有些动物却不怕生，就算有游人靠近它们，它们照样不为所动，就比如这只蛇鹈。它已经吃饱喝足，现在正心满意足地在阳光下晾晒羽毛，而不远处，素有捕鱼高手之称的鹈鹕却明显有些气不顺，到现在仍然毫无战果，真是一样的环境，不一样的境遇呀！你知道吗？在这个国家公园内，蛇鹈和鹈鹕不仅是一对近邻，同时还是亲戚呢！

不过，在此之前，我们有必要先了解一下鹈形目的情况，毕竟这才是它们整个大家族的名字。当然，我们还可以顺便看看它们还有哪些兄弟姐妹。

鹈形目主要是分布于温热带水域的大型游禽，是热带海鸟的重要组成，但全球大部分地区都可以看到鹈形目鸟类，有一些种类甚至扩展到了两极地区。很多鹈形目的鸟类具有全蹼，四趾都朝向前方，有蹼相连，嘴下常常有发育程度不同的喉囊，鹈形目一共有6科，除鹈鹕科和蛇鹈科外，还有鹲科。鹲又被称为热带鸟，在整个热带和亚热带海域到处游荡。鹲具有长长的中央尾羽，飞行的姿势很美，主要栖息于远洋，以鱿鱼为食。第四种是鲣鸟科，鲣鸟是群居性海鸟，共有2属9种。大鲣鸟属于温带海鸟，包括北大西洋的憨鲣鸟、南非的开普鲣鸟和澳新地区的澳洲鲣鸟。鲣鸟属是热带海鸟，世界各大热带海洋均有分布，共有6种，其中圣诞岛的粉嘴鲣鸟有时被单划为一属。中国的红脚鲣鸟是西沙群岛最主要的海鸟。第五种是鸬鹚科，鸬鹚科是鹈形目种类最多、分布最广的一科，共有2属30种。鸬鹚俗名鱼鹰，是一种大型的食鱼游禽。它的喙部较长，尖端钩曲，身体近黑色，杂有黑斑，颊部为白色。鸬鹚经常成群捕鱼，它善于潜水，潜水后羽毛湿透，需张开双翅在阳光下晒干后才能飞翔。第六种是军舰鸟科，军舰鸟属于热带海鸟，广泛分布于世界各大热带、亚热带地区的海洋，有时也可进入温带水域。军舰鸟的翅膀较长，尾巴呈现为叉形，飞翔能力极强，经常在空中抢夺其他海鸟的食物，因此又名"海盗鸟"。

说到鹈形目的这些种类，它们在中国都有不同程度的分布，不过有一种却是我国所没有的一个物种，它就是长相奇特的蛇鹈。

蛇鹈是一种热带内陆水鸟。它的颈部细长，看起来好像蜿蜒的蛇，嘴尖没有喉囊。它是无可挑剔的潜水高手，喜欢用嘴当作鱼叉来叉鱼。蛇鹈在美洲、非洲、亚洲南部和大洋洲各有一种，分别是美洲的蛇鹈、非洲的红蛇鹈、亚洲南部的黑腹蛇鹈和大洋洲的澳洲蛇鹈，也有人将旧大陆的3种蛇鹈都归入黑腹蛇鹈。

在枝头晾晒翅膀的蛇鹈

对于红蛇鹈，我们掌握的资料非常有限。它喜欢潜水捕鱼，而且捕鱼的时候喜欢偷偷接近猎物。红蛇鹈的羽毛非常吸水，这样它的身体就不会沉到水里去。不过，它也有自己的问题，那就是湿羽毛贴在身上的时候就像穿着一件湿的游泳衣一样，会使它的皮肤也跟着湿透，因此它在出水之后必须把身子弄干，以免着凉。

至于黑腹蛇鹈，它的体型较大，大约长84厘米，外表和鸬鹚非常相似，喜欢在湖泊和大型河流的净水段栖息。它的颈部细长，头部小而且窄。另外，头部和颈部的颜色为褐色，从颊部有白色线延伸到颈侧。其他部位的羽毛颜色偏

潜藏在池塘中的鳄鱼

哥斯达黎加河流和沼泽地风光

黑，肩胛处的白色丝状羽具有黑色羽缘。黑腹蛇鹈的虹膜为褐色，嘴为黄褐色，上颚线是黑色，脚则呈现为灰色。黑腹蛇鹈的叫声非常奇特，类似于"咔哒哒"的声音，求偶的时候更是会发出刺耳的尖叫。黑腹蛇鹈主要分布在印度、东南亚、菲律宾、苏拉威西岛及巽他群岛。

最后一种是澳洲蛇鹈，它的体长在85～90厘米之间，翼展可以达到1.2米，颈部细长，和蛇的形状非常相似。澳洲蛇鹈非常善于潜水，喜欢在水中追逐鱼类，捕鱼的过程中颈部会突然伸直，尖利的嘴就像鱼叉一样叉向鱼，出水后也要像鸬鹚一样晾晒翅膀。澳洲蛇鹈广泛分布于澳大利亚及附近地区的水域。

在整个鹈形目大家族中，蛇鹈的种类不仅少，而且分布区域也非常有限，因此只能算得上是一个小门户而已。相比之下，鹈鹕的分布要广泛得多，典型的"量多势众"！

鹈鹕是一种大型的游禽，属鹈形目鹈鹕科，又叫"淘河"或者"塘鹅"，不过它和真正的鹅没有任何关系。

鹈鹕是海边常见的一种鸟类。它的主要特征是四趾间有一个完整蹼膜，最大而且具钩，有发达的喉囊适应食鱼的习性。鹈鹕是名副其实的捕鱼高手，不过它的食量也不小，一天可以吃掉1千克以上的鱼。

鹈鹕在各大陆温暖水域都有分布，数量相对较多的区域主要是欧洲、亚洲和非洲。鹈鹕共有1属6种，如果把卷羽鹈鹕和秘鲁鹈鹕视为独立种类的话则可以达到

亲密无间

8种。中国主要有两种，分别是斑嘴鹈鹕和白鹈鹕。斑嘴鹈鹕是典型的鸟如其名，它的嘴上布满了蓝色的斑点，头上有粉红色的羽冠，上身为灰褐色，下身为白色。而白鹈鹕主要分布在我国的新疆、福建一带，全身都为雪白色。两者都属于我国的二级保护动物。

即将面临生存危机的鹈鹕

鹈鹕除了体型庞大之外，最明显的要数嘴下面的那个大皮囊，大皮囊是下嘴壳与皮肤连接形成的，可以自由伸缩，是它们存储食物的地方。鹈鹕的嘴长而且扁平，成年鹈鹕的嘴巴都能长到40厘米。另外，它的上嘴尖端呈钩曲状。这些虽然给它带来了一些便利，同时也带来了弊端。巨大的嘴巴和喉囊使鹈鹕显得头重脚轻，所以鹈鹕在地上走路的时候总是摇摇摆摆，步履蹒跚，尤其是当它捕到猎物的时候，大嘴和喉囊里装满了海水，这就为它浮出水面造成了难度。其实，只要仔细观察，就会发现，鹈鹕在浮出水面的时候总是尾巴先露出水面，然后才是身子和大嘴。而且，鹈鹕一定要把嘴中的海水吐出来，才能从水面起飞，而且在起飞的时候，它先在水面快速扇动翅膀，双脚在水中不断划水。在巨大的推力作用下，鹈鹕逐渐加速，然后慢慢达到起飞的速度，脱离水面缓缓地飞上天空。

成年鹈鹕的身体大约有125～150厘米，体重只有3千克左右，这使它们能够充分利用气流飞行。鹈鹕的翼展有将近3米宽，全身几乎长有细密而且短小的羽毛，羽毛为白色，只有翼羽和尾羽部分为黑色。另外，在它短小的尾羽根部有个黄色的油脂腺，能够分泌大量的油脂，闲暇时它们经常用嘴在全身的羽毛上涂抹这种特殊的"化妆品"，使羽毛变得光滑柔软，游泳时滴水不沾。

鹈鹕在野外大都喜欢群居生活，每天除了游泳之外，大部分时间都是在岸上晒太阳或者梳洗羽毛。鹈鹕的视力非常敏

正在捕食的沼泽地鸟类居民

成群结队的褐鹈鹕

锐，善于游水和飞翔。即使在高空飞翔时，漫游在水中的鱼儿也逃不过它们的眼睛。如果成群的鹈鹕发现鱼群，它们便会排成直线或半圆形进行包抄，它们会行动一致地扇动两翼拍水，把鱼赶到河岸水浅的地方，然后再张开大嘴，兜水前进，连鱼带水都吞入口中，接着闭上嘴巴，收缩喉囊把水挤出来，鲜美的鱼儿便吞入了腹中。

鹈鹕的求偶过程也很有趣。雄鸟需要进行一系列的求偶动作来向雌鸟表达情意。它经常要挥翼起舞，并且不断用嘴厮磨和梳理、抚弄雌鸟的羽毛，以讨得伴侣的欢心。如果雌鸟对它有意，这就算求偶成功，双方就会开始双宿双飞的生活，而且配对后终身都不会更换伴侣。当繁殖季节来临，鹈鹕会选择人迹罕至的树林，在树上或者地面上用树枝和杂草建造巢穴。鹈鹕通常每窝产2～3枚卵，卵为白色，大小和鹅蛋差不多。小鹈鹕的孵化和育雏任务完全由父母共同承担。当小鹈鹕孵化出来后，鹈鹕父母将自己半消化的食物吐在巢穴里，供小鹈鹕食用。等到小鹈鹕再长大一些之后，父母就会张开大嘴，让小鹈鹕将脑袋伸入它们的喉囊中取食食物。

不管是蛇鹈还是鹈鹕，它们都是无可挑剔的捕鱼高手，而且彼此的关系相处得还算不错。可惜，它们碰到了一个令人头疼的邻居，这个邻居非常吵闹，整天大喊大叫，弄得周围不得安宁。这就是吼猴。

再来说说蜂猴。大家已听说过"蜂鸟"，对于蜂猴可能会有些摸不着头脑。蜂猴又叫懒猴，是一种比较原始的猴类，主要产在中国云南南部、广西南部及东南亚各地。它虽然被称为猴，不过却和我们常见的猴子完全不同。它的四肢粗短，眼睛大而且圆，全身毛茸茸的，看起来有点儿像绒毛玩具。它的行为和它的名字可谓名副其实，一个字"懒"，这一点它几乎可以和树懒相媲美。白天，它总是懒洋洋地蜷缩在树洞或者树干上呼呼大睡，一动不动。就算被周围的声

奇特的愈创木

音所惊动，它也只是睁开眼睛看上一眼，连身子都懒得动一下。等到夜幕降临，它才睁开眼睛，慢悠悠地外出觅食。信不信由你，有时候，它一步都要走上几秒钟，速度之慢几乎可以和乌龟相提并论。当然，慢吞吞的动作自然也形成了懒猴温和的性格和憨态可掬的可爱外貌，让所有看到过它的人都会喜欢上它。

另外一种是狐猴，它也是一种比较原始低级的猴类，特产于非洲马达加斯加岛。狐猴的种类很多，大小、毛色和形状也各有差别。共同点是耳大额低，吻部突出，和狐狸非常相似；另外，它的尾巴长而且多毛，这一点儿也很像狐，因此得名"狐猴"。在狐猴家族中，最普遍、也最美丽的当属节尾狐猴。它因有一条黑白相间的环尾而得名，主要栖息于比较干旱的疏林岩石地区，喜欢在地面活动，脚底有毛，所以在光滑的岩石上跳跃也不会滑倒。节尾狐猴的典型行为是用尾巴摩擦下臂腺体分泌物，由此来区分个体，相互进行交流。在地面行走时，它们的尾巴会高高翘起，像旗帜一样，这有利于彼此之间相互联络。

松鼠猴产于南美洲的哥伦比亚和巴拉圭地区。它体型纤细，仅0.5～1千克重，尾巴超过体长，体色鲜艳多彩，眼大耳大，长得非常可爱，是深受人们喜爱的一种小型猴类。它们生活于原始森林、次

相映成趣

生林以及耕作地区，通常在靠近溪水的地带活动。平时活泼好动，喜群居生活，各群有自己的地盘范围，并用肛腺的分泌物划定地界。

不可否认，猴是一种深受人们喜爱的动物。遗憾的是，它们和其他动物一样也面临生存的危机。截止到目前，全世界现存的200多种猿猴全都被列入国际保护公约及濒危物种记录。环境的破坏、栖息地的减少、人类的捕杀已经将这些可爱的生命逼入了绝境。猴子的境遇是如此，其他珍稀动物和鸟类的处境则更加不妙，尤其当它们又因为外表漂亮而闻名时。如今，只有哥斯达黎加的少数几个地方还能看到这种色彩斑斓的美丽鹦鹉，它就是金刚鹦鹉。

对于金刚鹦鹉，这里还有一个美丽的传说：传说在欧洲白人入侵南美的时候，有一个士兵开枪射击一对金刚鹦鹉，其中的一只中弹之后落在了地上，另一只却侥幸逃过了一劫。过了一会儿，正当这个士兵拎着猎物沾沾自喜的时候，飞

正在进食的金刚鹦鹉

走的那只金刚鹦鹉突然从天而降，先是一口啄瞎了射击者的眼睛，然后用嘴将地上的双筒猎枪拧成了"铁麻花"。这个传说虽然有些夸张的成分，但是不可否认，金刚鹦鹉确实具有很大的力气，这主要表现在它的啄劲。据说，亚马孙丛林中有许多棕树结着硕大的果实，这些果实的种皮大都非常坚硬，人用锤子也很难砸开，而金刚鹦鹉却能轻巧地将果实的外皮啄开，吃到里面的种子。

金刚鹦鹉的原产地为南美洲和中美洲，是当地人们最为熟悉的鹦鹉之一，不过现在它们已经非常罕见。目前，红金刚鹦鹉已被列入《世界濒危野生动物、植物国际贸易保护公约》，被中国动物保护专家称为"鸟类中的大熊猫"。

金刚鹦鹉大约有18种，属鹦形目、鹦鹉科。它是大型鹦鹉中色彩最漂亮、

| 栖息在枝头的金刚鹦鹉 | 哥斯达黎加特有的爪哇木棉 |

体型最大的一个属，包括三个种。它的羽毛有着世界上"最美丽绸缎"的称号，堪称大自然在色彩搭配上的绝作。它们长长的尾巴在鹦鹉科中尤其出名，像大镰刀一样的喙只有美冠鹦鹉可以和它们相媲美。

最有趣的要数金刚鹦鹉的脸。金刚鹦鹉的脸上没有毛，到处布满了条纹，有点儿像京剧中的花脸的脸谱。它兴奋的时候会显得满脸红光。另外，雄性和雌性的外貌相似，很难分辨。金刚鹦鹉的体重大约有1.4千克，身长大约有1米。金刚鹦鹉比较容易接受人的训练，和其他种类的鹦鹉能够友好相处，但是也会咬其他动物和陌生人。金刚鹦鹉的寿命可以达到65岁。

除了美丽、庞大的外表和大力气外，金刚鹦鹉还有一个令人叹为观止的功夫，也就是百毒不侵。这种本领，我们可能只在武侠小说中看到，没想到金刚鹦鹉会有这种本领。这源于它所吃的泥土。金刚鹦鹉的食谱由果实、花朵、种子和坚果组成，其中包括很多有毒的种类，但金刚鹦鹉却不会中毒。有人推测，这可能是因为它们所吃的泥土中含有特别的矿物质，从而使它们百毒不侵。虽然有这么高的功夫，但是金刚鹦鹉很胆小，见了人就飞。

在金刚鹦鹉的三个种类中，绯红金刚鹦鹉的分布范围最广。绯红金刚鹦鹉属于鹦鹉科，也称红金刚鹦鹉。这种鹦鹉的额羽为赤色，头部、肩部、颈部和尾上覆羽的颜色为红色，翅上覆羽金黄色，初、次级飞羽深蓝色，两种颜色结合的部位是绿色。它的上嘴壳为肉色，下嘴壳为铅灰色，脚是铅蓝色。它主要分布于南美洲的亚马孙河流域。

绯红金刚鹦鹉主要栖息在热带森林，喜欢成群结队地活动。食物主要以植物为主，包括花、果实、种子和嫩芽等。在繁殖期它们成对生活，鸟巢大都建在树洞中。

对于这些鹦鹉，我们大都很难见到。一般来说，动物园中比较出名的是红蓝金刚鹦鹉，它主要产于墨西哥到巴西南部地区，身长有90厘米。身体呈明亮的红色，有蓝色和黄色的翅膀，蓝色和红色的尾巴，白色的脸。红蓝金刚鹦鹉和黄蓝金刚鹦鹉都是著名的宠禽。另外还有风信子蓝金刚鹦鹉，它的身长和红蓝金刚鹦鹉相似，但体重要更重一些。羽毛呈深蓝色，眼眶为黄色，主要产于巴西南部。最后一种是红绿金刚鹦鹉。

红绿金刚鹦鹉的身长大约有90厘米，平均寿命为50年。红绿金刚鹦鹉是一种比较常见的金刚鹦鹉，中国动物园常见的两种金刚鹦鹉红色的多数是本种，而黄蓝色的则是琉璃金刚鹦鹉。

红绿金刚鹦鹉主要分布于中美洲的部分地区，巴拉圭、玻利维亚和阿根廷。表面看来，它很容易和绯红金刚鹦鹉相混淆，两者的主要区别就在于绯红金刚鹦鹉的背部有黄色羽毛，而红绿金刚鹦鹉的背部羽毛则为绿色；红绿金刚鹦鹉的个头比黄蓝金刚鹦鹉大些，但是和黄蓝金刚一样，它们是绝对友善的鸟类，即使有一张吓人的大嘴，它们也很少主动攻击人。

形形色色、五彩斑斓的金刚鹦鹉为哥斯达黎加带来了一道亮丽的色彩。但是，由于过去非法移民及手持武器的偷猎者大肆侵入丛林，致使金刚鹦鹉的生存环境遭到严重破坏，生命面临威胁。据金刚鹦鹉保护组织介绍，目前野生金刚鹦鹉剩下不到600只，主要分布在危地马拉、巴西和哥斯达黎加等一些国家。

鹦鹉

哥斯达黎加蜿蜒的河流

　　不管是外形奇特的蛇鹈、温文尔雅的鹈鹕，还是吵闹不休的吼猴，以及美丽绝伦的金刚鹦鹉，它们都在哥斯达黎加的绿色天篷下找到了自己的栖息地。但是，它们的前景并不乐观，而这一切很大程度上都是人类造成的恶果。为了人与自然的和谐发展，为了让几十年后我们的后代还可以看到这些美丽的物种，我们必须从现在开始善待动物，爱惜环境！

PART 11
绿色的天篷

20世纪初，这里是一片绿色的王国，广阔的土地完全被茂密的树冠所覆盖。德国探险家洪保德曾经把这个奇妙而美丽的"树冠世界"称为"森林之上的森林"。这里就是非洲土地上的瑰宝——哥斯达黎加。但是，随着时光的流逝和岁月的变迁，哥斯达黎加 70% 以上的雨林已经荡然无存，随之消失的还有神秘的树冠世界。人类破坏了一大半的热带雨林，彻底摧毁了大自然用几百万年时间才形成的这片无与伦比的动植物栖息地。

如今，越来越多的人开始意识到了保护环境的重要性，饱受创伤的热带雨林也开始慢慢进入复苏阶段。无论是惨遭猎杀的动物，还是被肆意砍伐的树木，它们都在为构建新的生态平衡而努力。在这里，只有不到 1% 的光线能够穿透树叶抵达地面，地表植物简直少得可怜。相对来说，雨林边缘或者空旷地带的光线较为充足，那里生长着一些小的植物。当然，情况还不止于此，那些倒落在地的古老树木也在帮助森林维持着动态平衡。在阳光的作用下，树干中的营养物质为丛林新生命提供了绝佳的物质基础。

哥斯达黎加美丽的树冠世界

雨林边缘地带生长的小型植物

但是，复苏之路也并非一帆风顺。热带雨林中虽然含有大量的碳水化合物，但是缺乏其他营养。为此，丛林居民逐渐进化出了一些特别的应对方法。以切叶蚁为例，它们会把比自己

浩浩荡荡的切叶蚁大军　　　　　忙碌的切叶蚁　　　　　生长在树上的植物

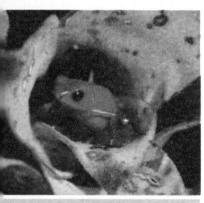

色彩鲜艳的青蛙

静静等待食物的小黑蛙

身体大得多的树叶搬运到地下数百平方米的巢穴里去。不过，这些树叶并不是用来食用的，而是为了"饲养"一种特别的真菌，它们由此获得一种菌类代谢品，从而得到比树叶更有营养的物质。

千万别小看这些小生命，它们的这一"发明创造"改善了雨林的土壤，为原本贫瘠的土壤增加了营养成分，为整个雨林恢复生机提供了重要保证。另外还有其他一些蚂蚁，它们在为植物抵御害虫的同时，也从植物那里吸取营养物质。总之，蚂蚁在保持雨林生态平衡方面发挥了重要作用，它们被称为"森林的神经元"。它们的生活和植物息息相关，科学家能通过蚂蚁了解到很多植物世界的知识。

灰暗的森林地表只有为数不多的生命存在，丛林植被大多生活在高高的树冠上。丰富的植物又将动物吸引到了树冠上。在这里，我们甚至发现了一些外表奇特的青蛙：刺毒蛙把凤梨科植物的花朵当作自己的育婴室，一些小黑蛙几乎终身都躲在树冠上。不少其他丛林居民也发展出了自己的生存技巧，它们会采取伪装色、亮丽的保护色和模仿其

他生物的方法来维持自身的生存，就比如这只安乐蜥。

安乐蜥是一种大型的树栖性蜥蜴，全世界大约有250种，属鬣鳞蜥科、安乐蜥属。说到这里，我们很可能对所谓的鬣鳞蜥科有些摸不着头脑。为此，有必要介绍一下蜥蜴目的一些情况。

有鳞总目的蜥蜴目或者有鳞目的蜥蜴亚目是现代爬行动物中最大的一个种类，多达4 000余种，分布更是遍及世界各地。它们的形态多样，大多数物种的体型相对较小，包括现存最小的爬行动物，也有少数体型较大。蜥蜴目也可能是有鳞总目另外两个目的祖先。

它可以分为鬣蜥亚目，典型的鬣蜥亚目成员背上都有鬣鳞，看起来很像楔齿蜥，四肢完整，不少种类可以变换身体颜色，其中还包括一些相貌比较独特的蜥蜴。鬣蜥亚目下面又可分为3个或更多的科，主要分布于热带、亚热带地区，其中美洲鬣蜥科主要分布于新大陆，而另外两个科仅限于旧大陆。鬣蜥亚目树栖和

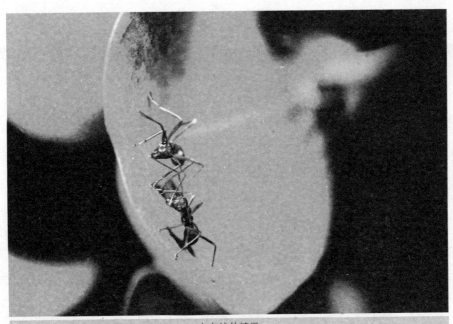

大自然的精灵

水栖的成员均比其他亚目多，但也有不少陆栖的成员。

美洲鬣蜥科又被称为鬣鳞蜥科，是爬行动物中的一个大科，共有大约54属550～880种。这些生命物种主要分布在新大陆，从加拿大的西南部到美洲最南端的广大区域，也有少数分布在旧大陆的马达加斯加岛和西太平洋的斐济、汤加等岛屿。美洲鬣蜥科的成员十分复杂，可分成多达8个亚科。

安乐蜥亚科就是美洲鬣蜥科下属的一个亚科之一。而且，安乐蜥亚科还是美洲鬣蜥科最大的亚科，多达11属250～392种，主要分布在中南美洲和加勒比海的各个岛屿，少数可以到达美国的东南部。安乐蜥的体型比较小，大多为树栖物种，善于变换身体的颜色，相当于美洲的变色龙。事实上，安乐蜥的分布区域比较广泛，在南、北温暖的地区都有分布，其中尤以北美洲、南美洲以及西印度群岛的数量为最多。

所有的安乐蜥的脚掌都和壁虎一样，趾宽大，爪尖锐，趾垫上布满了许多小钩子，这些小钩子再加上锋利的爪子，有利于它们攀缘，甚至可以使它们在非常

正在寻找食物

光滑的物体表面迅速爬行。

安乐蜥的体长大约在12～45厘米。它们和变色龙一样，也可以改变自己的身体颜色，由棕色或黄色变成几种深浅不同的绿色。雄性安乐蜥的颈部常常有一块红色或者黄色的大皱褶。本属中的绿安乐蜥，体长可达18厘米，具粉红色垂肉(喉扇)。在整个安乐蜥家族中，最有名的要数生活在美国南加勒比海群岛的一种安乐蜥。它的身体颜色经常由绿色变成棕色或杂色，但是变化能力不及东半球的真避役，它就是所谓的绿安乐蜥。

这种绿安乐蜥的身长大约有18厘米，是新大陆最常见的一个物种。在一些宠物商店，它们的幼蜥经常被当作变色龙出售。事实上，和真正的旧大陆变色龙相比，它们简直不值一提。

在雨中的安乐蜥

安乐蜥的变色能力虽然有些差强人意，不过它的求偶方式却非常有趣。众所周知，在千奇百怪的自然界，动物的求偶方式都非常有趣，有的利用气味、有的利用歌声、有的利用舞蹈，真是天下之大，无奇不有。但是，你知道吗？安乐蜥居然拥有一个先进的求偶工具，那就是紫外线。

根据一些动物学家的研究发现，生活在热带丛林中的雌性安乐蜥的眼底视网膜上长有一对对紫外线非常敏感的感敏细胞，而在雄性安乐蜥的颈部，长有一只喉囊，它能够反射紫外线。在求偶的时候，雄性安乐蜥会拼命鼓起喉囊，将紫外线向四周反射出去，与此同时，雌性安乐蜥眼底视网膜上的感敏细胞可以接收到雄性安乐蜥用紫外线发来的"求偶信号"，并应邀赴约。

安乐蜥的这一求偶工具确实非常新颖，不过这也成了一些自然猎手给它的致命武器。动物学家发现，热带丛林中生活的一种蛇的眼底竟然也长有一对对紫外线敏感的特殊感敏细胞，但是这种蛇却不是借助紫外线来求偶的。由此，动物学家认为，这很可能是它捕食安乐蜥的重要"武器装备"。如果真是如此的话，安乐蜥利用紫外线求偶，引来的要么是美好的爱情，要么很可能就是"杀身之祸"。

不过，在其他时候，安乐蜥还是可以悠然自得地沐浴阳光，享受美食。不远处，在枝头歇息的巨嘴鸟看起来却似乎要忙碌得多，也好动得多。老实说，你看到它的样子后肯定会以为它是畸形，千万别太早下结论！仔细看看再说。

巨嘴鸟，顾名思义，肯定是生有一张大嘴。巨嘴鸟属裂形目，巨嘴鸟科。它的外形很像犀鸟，体长大约有70多厘米，嘴长就达到了25厘米左右，宽大约为9厘米，又粗又壮；足足占据了体长的三分之一，真是令人震惊。但是，巨嘴鸟的嘴虽然很大，重量却不足30克。

令人吃惊的巨嘴鸟

巨嘴鸟主要生活在拉丁美洲阿根廷到墨西哥之间的热带丛林之中，种类有87种以上，特别是巴西的亚马孙河一带，分布更为集中，种类更加多样。巨嘴鸟生性灵敏，要捉到它只有在4～6月的蜕毛期，因为这时它的身体会变肥，行动不便，所以最容易围捕。

大多数种类的巨嘴鸟色彩都很艳丽，这不仅反映在它们五颜六色的羽毛上，也体现在它们色彩斑斓的大嘴上。其中有一种巨嘴鸟的喙尖呈殷红色，大嘴的上半部分为黄色，下半部分则是蔚蓝色。除此之外，再配上橙黄的胸脯、漆黑的背部以及眼睛四周一圈天蓝色的羽毛，远远看去简直就像一幅绚丽而又协调的水墨画。

巨嘴鸟经常成群结队地栖居在大树顶上，昂着头高声鸣叫"妥空、妥空"，在很远的地方就能听见，因此，人们又称它为"妥空鸟"。

巨嘴鸟主要以果实、种子和昆虫为食，有时也会掠夺小鸟的巢穴，吃掉卵和雏鸟。它以树洞为巢，每次可以生2～4枚蛋。不过，有意思的是，巨嘴鸟的进食习惯非常奇特：它吃东西的时候习惯于先用嘴尖把食物啄在一起，然后仰起脖子把食物向上抛起，再张开大嘴，准确地将食物接入喉咙。这种近似于游戏式的进食行为确实非常奇怪。事实上，巨嘴鸟取食水果的时候之所以将喙尖高高翘起，主要是为了让水果滚入喉咙。巨嘴鸟的食量很大，每天要吞食大量水果，然后将种子排泄到它们飞过的地方，所以它们称得上是种子的传播者。

说到这里，许多读者可能会觉得它们的嘴就像一个累赘，其实不是这样。它们在树丛间飞来飞去，大嘴一张一合，衔食水果时动作非常灵巧。这是因为巨嘴鸟的嘴骨构造非常特别，它不是一个致密的实体：嘴的外面仅仅是一层薄薄的硬壳，中间贯穿着极纤细、多孔隙的海绵状骨质组织，其间充满空气，所以不会给巨嘴鸟的生活造成压力。

在看过这种"鬼斧神工"的鸟嘴之后，许多人都不禁赞叹大自然的神奇。巨嘴鸟巨大而又尖锐的嘴巴，既可用来取食，又能在争斗时用作武器。更重要的是，它还为人类的创造提供了灵感。

准备出击

美国加利福尼亚大学的研究人员指出，对巨嘴鸟大嘴结构的详细技术分析可以对飞机和汽车制造提供有益的设计理念。实验结果表明，巨嘴鸟的嘴由不同寻常的生物连接组成，因此它具有非常高的强度和非常小的重量。

通过仔细分析巨嘴鸟嘴的密度、刚性、硬度、抗压力和张力，以及它的生物连接，研究人员指出，巨嘴鸟的嘴是由固体"泡沫"材料组成，充满气密网孔，结合部是格栅状骨纤维，这种"泡沫"材料从外表上看如同材料浸入肥皂泡沫中一样。纤维连接成薄膜，薄膜被夹紧在两角质蛋白层之间。另外，巨嘴鸟的大嘴结构同时也是一个吸能系统，模仿巨嘴鸟大嘴结构建造而成的材料能使汽车在发生交通事故中更好地保护驾驶员和乘客，同时也有助于研制超轻的飞机组件。

在热带雨林里悠然享受美食的巨嘴鸟可能根本不会想到，它的巨嘴居然能对人类产生这么大的影响。不过，在哥斯达黎加，它也引发了一个新的问题。由于森林气候的变化，巨嘴鸟的筑巢位置变得越来越高，而这很可能会使它的猎物之一走向灭绝。这种猎物就是凤尾绿咬鹃。过去，凤尾绿咬鹃大都居住在比巨嘴鸟更高的海拔地区，从而避免了被消灭的命运。但是现在，随着巨嘴鸟上升到更高的海拔，而凤尾绿咬鹃则没有更高的海拔区可以筑巢，这就导致了该物种的生存面临严重威胁。

对于许多生命物种来说，热带森林看起来就像一座伊甸园，但是生长在这里的许多果实都暗存危险，这些果实中含有马钱子碱、吗啡和可卡因等毒素，甚至就连树叶都是危险的。对于植物的这种生存策略，我们或许都可以理解。植物无法以逃跑或躲避的方式来保护自己，于是它们只能大力发展化学武器。不过，一旦碰上像白脸僧面猴这样的食草动物，

奇特的伪装大师

被食物吸引而来的大蜘蛛

它们也只能束手就擒了。

　　长期以来，动物和植物似乎陷入了一场军备竞赛。为了抵抗植物的毒素，白脸僧面猴发展形成了自己的秘密武器，也就是一条超长的肠道。白脸僧面猴的体型比家猫大不了多少，但是它们的肠子却和大猩猩的一样长。那些会让其他动物中毒的树叶和种子，对白脸僧面猴来说根本不构成威胁。

正在进食的白脸僧面猴

　　白脸僧面猴显然已经练就了"百毒不侵"的高超本领，不过浣熊家族中的长鼻浣熊却无法做到这么轻松，它们在生活中表现得非常小心。在了解长鼻浣熊之前，你对整个浣熊家族都有什么了解呢？

　　浣熊是类似于熊科的一种杂食性动物，形态、结构和熊科有些相似，但是体型相对来说要小很多，而且尾巴比较长，树栖性也比熊科更强。据说，浣熊之所以被称为浣熊，原因就在于它在进食前习惯于将食物在水中浣洗一遍，因此得名浣熊。

正在沐浴阳光的蜻蜓

　　浣熊主要生活在北美洲的温带丛林和南美洲的热带丛林中，可以说是美洲的特有物种。浣熊大都体粗，肢短，尾长。浣熊的体型大都较小，一般只有 7～14 千克重，其中长鼻浣熊长约 0.6 米，尾巴很长而且有环纹。另外，浣熊科动物也是一类偏离于肉食性的动物，属于五趾型，爪不能收缩或者只能够半收缩，主要以各种小脊椎动物、无脊椎动物和植物为食。

　　浣熊有长鼻浣熊、蜜熊、欧凌哥浣熊和食蟹浣熊等。浣熊喜欢成群结队地在白天到地上觅食，主要依靠发出"吱吱"声来保持互相联络，晚上则睡在干净的树上。雌性浣熊和幼熊经常由 5～12 只组成，群体外出，成年雄性除交配季节外，喜欢独居。蜜熊和欧凌哥浣熊身长肢短，连尾部总长度大约有 1 米，蜜熊可用尾巴将自己倒悬在树枝上摇荡，欧凌哥浣熊则不可以。与长鼻浣熊不同，它们昼伏夜出，因为它们原是食肉动物，现在则以水果和嫩芽为主食。而且，浣熊喜欢闯入人类家中寻找食物。

长鼻浣熊属于浣熊科中一个比较常见的属。长鼻浣熊的身体比浣熊瘦，吻部很长，是浣熊科惟一长吻的代表。长鼻浣熊是社会性的动物，通常由近20只母兽以及幼仔们组成一个群体。它们是杂食动物，食谱中包括水果、昆虫、蜘蛛、鼻涕虫、鱼、蛇、鸟类以及哺乳动物。灵活的鼻子和良好的嗅觉使它们能抓住任何获取食物的机会。

据说，在将近一亿年的时间里，南美洲一直是一座孤岛。由于四周海洋的阻隔，动物的演化过程是与世界其他地区相隔绝的。但是，在大约300万年前，地壳运动将一片陆地升起，并成为连结南美和北美大陆的桥梁，于是，各种动物得以在两个大陆间穿梭。这对南美洲产生了深远的影响。第一批到达南美的哺乳动物中就包括这些长鼻浣熊，它们是北美浣熊的亲戚。

长鼻浣熊非常活跃，动作敏捷，适应能力非常强。它们迅速地占据了这片充满新生机的土地。今天，即使在最南面的阿根廷也能见到它们的踪影。这些早期入侵者很快就将南美的森林变为了自己的领地。

随着长鼻浣熊等外来者的到来，对于树懒这类南美大陆的原始居民来说，它们的生活从此发生了彻底的改变。

树懒是一种非常奇特的动物，属哺乳纲、贫齿目、树懒科。它体长约70厘米，重量约9千克。它的头骨短而高，头又圆又小，耳朵也很小，而且隐没在毛中；鼻吻显著缩短，颧弓强但不完全，尾巴很短，只有3～4厘米；上颌有5颗齿，下颌有4颗齿，细小而没有釉质。

未受杀虫剂污染的河流

树懒的毛由两部分组成，分别是起保暖作用的短而细软的绒毛和起保护作用的长而粗的外部毛。毛中生长绿苔，给尾巴染上了绿色，使它在树叶间很难

被发现。另外，树懒的毛发和大部分动物的毛发长势恰恰相反，它是由腹部朝背部向上长的。这是因为这种动物几乎都是倒挂着的。只有这样，雨水才容易顺着毛往下流。

树懒基本上行树栖生活，因此早已丧失了地面活动的能力。人们往往把树懒的行动缓慢比喻成乌龟爬，其实树懒比乌龟爬得还要慢。它主要依靠抱着树枝，竖着身体向上爬行，或者倒挂其体，靠四肢交替向前移动。树懒细长的手掌上长着弯曲的爪，像结实的钩子一样紧握住树枝，头朝下一动不动能悬挂很长时间，甚至睡觉也是这种姿势。树懒的这种特殊体态使得它们不会走路。它的前肢大，并明显长于后肢。在地上时，四肢斜向外侧，不能支持身体，只得靠前肢爬，拖着身体前进。在热带盆地，雨季地面泛滥时，树懒能游泳转移。

对于树懒来说，最名副其实的就是它的"懒"。知道吗？它英文名字的含义就是"无所事事"。它什么事都懒得做，甚至懒得去吃，懒得去玩耍，能够连续一个多月不吃不喝，整天就是呼呼大睡。树懒的确算得上动物王国中的睡觉冠军，平均每天睡眠十七八个小时，即使醒来也极少活动。如果非得活动不可时，它的动作也是懒洋洋的，非常迟缓。就算是被人追赶、捕捉时，它也不慌不忙地慢慢爬行，速度还不超过 0.2 米／秒。

如果单纯从运动速度来说，任何食肉性动物都可以轻而易举地捉到树懒。那么，为什么树懒还能生存到今天而没有遭到灭绝的厄运呢？原来它也有极巧妙的办法躲避侵扰。树懒有高明的伪装本领，因而又有"拟猴"的别名。它栖息在人迹罕至的潮湿的热带丛林中，刚出生不久的小树懒，体毛呈灰褐色，与树皮的颜色相近，又由于它奇懒无比，使得一种地衣植物寄生在它的身上，这种地衣植物依靠它的体温和呼出的二氧化碳，长得很繁茂，以至于像一件绿色的外衣，把它的身体包裹起来，使人类和动物很难发现它。另外，它一生大部分时间一动不动地倒挂在树上，即使运动其动作也极慢，这样也可以极少惊动敌人。加之它的身体不重，可以爬上细小的树枝，吃它的肉食类动物上不了这种细枝，因此它一直存活至今。

树懒是严格的树栖者和单纯的植食者，主要吃树叶、嫩芽和果实。而且，雨林里一年四季充满了树叶，所以树懒根本不必为食物发愁。再加上树叶的水分多，环境又湿润，树懒也用不着下地饮水。不过，树懒有时也下到地面上，而且是为了一种正常的生理需要——排泄。树懒每星期至少排泄一次，排泄时用前臂抓住树枝，用悬空的后肢在地面挖一个小坑，然后直接排泄在坑里，再用四周的泥土覆盖，随即赶紧爬上树。树懒通常是夜间觅食，白天睡觉。它们常单独行动，很少成群，遇到敌害时，靠利爪、利牙及长臂当武器。

树懒的体温调节机能不完全，静止时体温变幅在28～35℃之间。当环境温度降至27℃时，它就会出现发抖现象，由此可见，它适应温度的范围非常有限。树懒每胎只生一个，孩子出生在树上，紧贴着母亲的皮毛随之四处走动。哺育5周后，小树懒可以吃固体食物了，才被放下来。小树懒由母亲哺乳6～9个月，然后就可以独立吃树叶了。

树懒共分为5种，主要分布于中美洲和南美洲的热带雨林。按照趾数可以分为二趾树懒和三趾树懒两个属。它们之间存在很多不同。

首先，它们的颈椎数和一般哺乳动物的七椎模式不同，二趾树懒为6～7个，三趾树懒有9个，是哺乳动物中最多的，这使它的头部可以旋转270度。这种变化不仅发生在种间，甚至同种不同个体之间的颈椎数也不同。

其次，三趾树懒前后都有三趾，而且三趾等长，跤骨基部及附骨愈合，爪强而成钩状，体型较小，体长大约在45～60厘米，体重为4～7千克，两臂平伸，宽可达82厘米，背上有橘红色或鲜黄色斑点。它们行动缓慢，每迈出一步需要12秒钟，平均每分钟只走1.8～2.5米，每小时只能走100米，比以缓慢出名的乌龟还慢，是世界上走得最慢的动物。三趾树懒的体毛长而粗，毛被为藻类提供了生存条件，雨季时，藻类在毛表的凹陷处生长，使浅色毛皮变成绿色。相比之下，二趾树懒的体型稍大，身长大约60厘米，毛灰褐色，后肢有三趾，而前肢

有两趾。它比三趾树懒活跃些。在地上，能够以四肢支撑身体，缓缓行走，主要以树叶、果实为食物。

另外，三趾树懒分布较广，北到洪都拉斯，南到阿根廷北部；二趾树懒的分布比较狭窄，北到尼加拉瓜，南到巴西北部。

由于三趾树懒和二趾树懒结构上的区别较大，有人将二者置于不同的科，树懒科只保留三趾树懒，而二趾树懒则和已经灭绝的大懒兽类的大地懒亲缘关系很近，可置于大地懒科，并且三趾树懒可以自成一个三趾树懒总科，而大地懒科与大懒兽科组成另一个大懒兽科总科。

不管是二趾树懒还是三趾树懒，它们都是不折不扣的懒汉，而且身上背着莫名其妙的掩盖物。在哥斯达黎加的丛林沼泽里，其实也能找到类似的一种小生物，它们背上也背着一种非常奇怪的东西，不过和树懒不同的是，这东西居然是它们的随行住宅。它们就是寄居蟹。

寄居蟹的模样长得非常奇怪，既像虾，又像蟹，头胸部长着螯足而且披着铠甲，身上背着个壳，常在浅海的岩石上爬来爬去。寄居蟹一遇到危险便钻入壳中，这是它惟一的防御措施。螺壳是它的"住宅"，而这个"住宅"的主人，可能是油螺，也可能是其他贝类。当然竹节、碎椰子壳、珊瑚、海绵甚至木筒也都有可能成为它的"别墅"。它们不会一生只定居在一个壳里，随着不断长大，它们会周期性地离开原来的壳去找更大的"家"。

寄居蟹主要生活在浅水地带，喜欢藏在沙滩或者阴凉的地方。幼年的寄居蟹身体为白色，长大之后可以出现其他一些颜色。多数寄居蟹的蟹钳左右是不对称的，一边大，一边小，绝大多数左边的蟹钳大。这也许与它居住的螺壳的旋向

自然的造化

科学家发明的丛林电梯

隐藏在树叶中的昆虫

有关。因为螺壳一般是右旋的，左蟹钳长得大些的寄居蟹，出入活动更方便，又有足够的攻击力。经过多年的自然选择，就形成了一支几乎清一色的左撇子寄居蟹大军。

空壳对寄居蟹来说非常重要。首先，它要以此来躲避捕食者，同时保证身体爬行时柔软的腹部不受到损伤，还可以避免受到温度变化、缺水、盐度变化的影响，当然非常重要的是要保护雌性寄居蟹的卵团，以保证种群的繁衍。寄居蟹衡量一个壳是否合适的标准是非常简单的，最为直接也是最为关键的因素就是壳的大小。壳的尺寸过小会使它的生长受到抑制；但是住在过重、过大的壳里又要耗费较多的能量，影响个体的成长，行动也会因此变得笨拙。

它们并不贪心，只有当"住宅"破损得很厉害的时候，或是身体变大，原来的壳无法再用的情况下，才换新的壳。通常一个空壳可以迎来很多个寄居蟹，直到破烂不堪为止。而寄居蟹在这种不停地转换中成长壮大。

在奇妙的哥斯达黎加热带雨林，茂密繁盛的丛林为各种各样的动物提供了栖息地。在这里，大型动物的身影虽然非常少见，但是一些树栖动物却得以安居乐业，各种各样的昆虫数不胜数。据说，一位科学家仅在10棵树上就发现了2.4万种甲虫和其他节肢昆虫。据保守估算，热带雨林中至少还有上千万种昆虫等着我们去发现。但是，尽管科学技术日新月异，我们对热带雨林的树冠世界却依然缺乏了解。到目前为止，人类只有几种方法能够探索这个高度多样化的栖息地。而与此同时，热带雨林连带它的树冠世界正以惊人的速度在消失，几乎每一秒钟都有一块足球场大的丛林被毁灭。所以，我们的责任重大，但时间却非常紧迫！

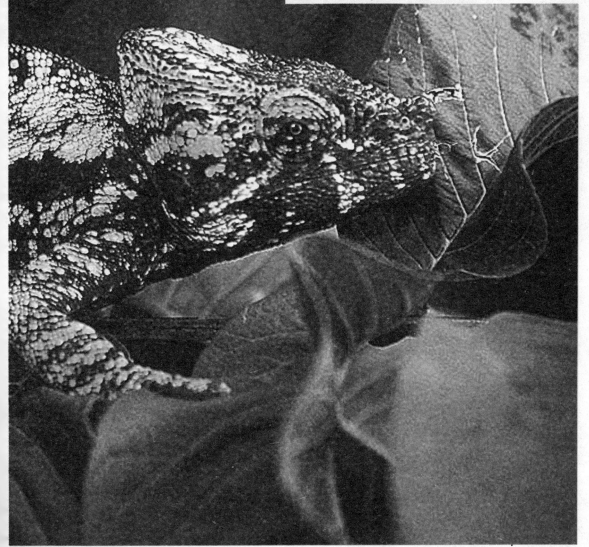

PART 12
孤岛并不孤独

在世界地图上，它只是一个毫不起眼的小国，但是它的名字却越来越被人们熟悉。它的独特和美丽也开始被更多的人所关注，这就是世界第四大岛，也是自然留给世人的"诺亚方舟"——马达加斯加岛。

马达加斯加位于非洲大陆的东南部，距离非洲东海岸约400千米。它的南北长1 580千米，海岸线长5 000千米。连绵的南北山脉将整座岛屿一分为二，其中马鲁穆库特鲁山的海拔高达2 876米。东部高山经过热带雨林向沿海平原倾斜，西部阶梯台地地势逐渐下降，经过热带草原到达海岸，而北部的海岸线更是犬牙交错，令人迷恋。海岸线上的白色珊瑚礁和岛上红色的土地相映成趣，再加上苍翠欲滴的绿树浓荫，这一切赋予了马达加斯加"印度洋中的红土岛国"之称。

马达加斯加的高地风光

在马达加斯加，地势高的地区气候温和，年平均降雨量为1 000～1 500毫米。热带沿海地区的年降雨量较大，东部的图阿马西纳为3 500毫米。另外，它的东南沿海属于热带雨林气候，终年湿热，年平均气温为24℃；中部为热带高原气候，温和凉爽，年平均气温18℃；西部虽然也属于热带高原气候，但是和中部的气候却截然相反，这里干旱少雨，年平均气温大约有26℃。

喀斯特地区的石灰岩地带

外表似枯木的叶鼻无毒蛇 | 藏身在兰花叶子中的小型青蛙

马达加斯加岛以其物种的多样性和独特性而出名，所以对于那些热爱自然、喜欢探索的人来说，马达加斯加绝对是一个最佳选择。许多欧美游客甚至把这里当作可以和亚当、夏娃所在的"伊甸园"相媲美的"世外天堂"。这里的动植物生态自成体系。事实上，早在1.65亿年以前，马达加斯加从广大的冈瓦茨大陆分离出来时，一些古老的动植物群就得以在马达加斯加生存。它们与世隔绝，在这个原始岛屿上继续繁衍进化，而在大陆的同类却逐渐消失。马达加斯加岛的动植物圈是世界上惟一的，这里共有两栖类、爬行类和哺乳类动物300余种，其中有70%都是马达加斯加岛的特有物种，180多种鸟类也是这里所特有的。

马达加斯加岛的远古鸟类

由于气候和海拔不同，马达加斯加的植被也截然不同，90%的植物种类都是当地的特有品种，其中包括很著名的肉食植物和一些医用植物。岛上有近千种兰科植物，是名副其实的香草之国，还有8种面包树以及其他一些特殊树种，比如红树群落等。

总之，岛上的动植物群奇特而且壮观。无论在凉爽的清晨，还是炎热的白天，小型青蛙都随处可见。它们藏在兰花的嫩叶之中，大小还不及我们的拇指指甲。另外还有一些不太引人注意的蜘蛛，它们比欧洲蜘蛛的体型要大，有的甚至能长到10厘米。另外一道奇特的风景是马岛若虫。它们与蝉和介壳虫的关系密切。体表的蜡让它们看上去像花朵而不是吸食植物的昆虫。这种保护性功能可使

它们躲过鸟类的袭击。

不过，在所有生活在马达加斯加的远古动物中，最为大家所熟悉的当然非狐猴莫属。但是，你知道吗？这里许多人都习惯于把它们称为"马达加斯加的黑夜幽灵"，这听起来似乎有些令人生畏。其实，它的名字的由来还有一段鲜为人知的故事。

我们或许知道，许多罗马神话中都会提到幽灵。古罗马人认为它们是死者的灵魂或者是游荡在生者家中的妖魔鬼怪。诗人奥维德对幽灵的存在深信不疑，还专门描述了借以摆脱幽灵纠缠的宗教仪式。这种宗教仪式在"恶神节"期间举行，传说那是罗慕路斯为了安抚兄弟雷穆斯的灵魂而设立的节日。也许是因为它们经常在夜晚出没于马达加斯加的丛林，又或许是因为它们有别于其他灵长类动物的奇异运动方式和鬼魅般的外表，使人们赋予了它们"狐猴"的名字。事实上，它们并不像名字显示的那样可怕，相反狐猴的性情温顺，没有任何攻击性。

狐猴属于原猴亚目灵长类动物，其实灵长类动物早在大约 7 000 万年前就已经出现了。作为灵长类动物中的一员，狐猴保持了它最原始的特性。狐猴的外形和老鼠、猫、狐和猴子都有相似之处。它们具有鬼魅般的脸，有些像狐

令人心醉的热带雨林风光

狸，因此得名狐猴。它的体长有 13 ~ 60 厘米，体重 60 ~ 3 000 克，尾长 17 ~ 60 厘米，和整个身体长度差不多。它的尾毛细密而且很长，大都呈扫帚状。狐猴的眼睛很大，炯炯有神，非常可爱。它的外耳廓呈半圆形，后肢长于前肢，指、趾具有扁平的指甲。另外，狐猴的牙齿大都是 36 颗。

狐猴曾经广阔分布于非洲、欧洲和北美洲地区，但是由于在那些地方和其他更高等的猴子竞争时处于下风，所以最终逐渐灭绝。在近 5 000 万年的时间内，马达加斯加岛成了它们惟一的栖息地。它们喜欢栖息于热带雨林或者干燥的森林

或灌木丛中，也有的生活在竹林、芦苇区或者无林的山地。狐猴因为种类不同，生活习性也截然不同，有的在白天活动，但是更多的种类则喜欢在夜间活动。它们主要以昆虫、果实、芦苇和树叶为食，偶尔也会吃小鸟。狐猴大都喜欢以家庭的方式成群结队地生活。

狐猴共分为两个亚科，6属13种。体型较小的为倭狐猴亚科，有倭狐猴属、大倭狐猴属和纹冠倭狐猴属。其中体型最小的是小鼠狐猴，体重只有60克，体长只有13厘米。这种小鼠狐猴的体色大都为褐色或者灰色，鼻中央有一条白色条纹，胸腹各具有1对乳头。相比之下，狐猴亚科的体型较大，其中又包括鼬狐猴属、驯狐猴属和狐猴属，共有8种。斑狐猴是其中最大的一个种类，体重达3千克，体长60厘米。雌性和雄性斑狐猴的毛色完全不同，尾巴通常向上呈现为"S"形，有的尾毛还具有明显的环节。

正在进食的狐猴

倭狐猴亚科的妊娠期为59～70天，繁殖时间一般在12月到第二年的3月，它每胎可以生产1～3只幼仔。幼仔在7～10个月时就可以达到性成熟。狐猴亚科的妊娠期为120～150天，主要在9～11月产仔，每胎产1仔，18个月后达到性成熟。

在马达加斯加岛上，狐猴的家族成员几乎随处可见，这里是名副其实的狐猴王国。如果你到这里旅游，那些在树枝间腾挪跳跃的狐猴绝对会让你大开眼界。现在就让它们来个集体大亮相吧！

首先出场的是指猴，它是马达加斯加地区最引人注目的狐猴之一，目前只分布在马达加斯加岛的北部地区。指猴的身形大小和一只猫非常相似，不过有些人也经常会把它和松鼠混淆。指猴是一种夜行动物，生性孤独、害羞，嗅觉很差。它喜欢吃昆虫和树皮底下的幼虫。通常，它会先观察虫子的运动，然后扒开树枝，用手指把这些虫子捻成糊状吃下去。据说，它的这一进食习惯和树木的"医生"——啄木鸟非常相似。

指猴的牙齿比较特殊,是惟一没有犬齿的灵长类,而门齿则像啮齿类一样终生生长。它身体上的毛发粗硬,颜色介于深褐色和红色之间,脸部颜色发白,眼睛为紫色,具有明显的黑眼圈。它的行动缓慢,这可能和它的中指与其他手指不同有关。它的中指细而长,就像是小儿麻痹症留下的后遗症一样。

信不信由你,当地的土著人在碰到指猴时经常会被它的目光吓倒,这就使得性情温和、习惯夜行的指猴变成了恐怖传说中的主角。当地人甚至说,被指猴细长的中指点到的一切生物都会马上死亡。事实上,指猴的第三指过长是进化中适应环境的需要。正是借助于这一工具,它深入树干中的小洞穴,找到了昆虫的幼虫。

小鼠狐猴是原始猴类中个体最小的一种,体长约12.6厘米,尾长约13.2厘米,体重40～100克,而且成年猴的体重会随着季节的不同而有所变化,但是通常都保持在60克左右。它的体色比较深,一般毛色呈棕灰色,中间夹杂有深浅不一的红黄色,腹毛浅淡。小鼠狐猴的眼睛圆圆的,非常大,耳长22～28毫米,鼻梁上有一白道,齿数36颗,四肢较短,前肢尤短。除此之外,小鼠狐猴还具有一个特别之处,它的阴道口有一块天然的阴道皮盖,在未发情或者非分娩阶段,这个皮盖会自动将阴道口闭合,达到天然的避孕效果。

小鼠狐猴主要分布在马达加斯加岛西南沿岸比较潮湿的林地和草丛之中。由于森林生境不同,它又可以分为山地和森林两个亚种,种群隔离也使它们出现了色泽上的差异。

小鼠狐猴喜欢独来独往,而且通常是在夜间外出活动。白天,它们常常躲在树洞或者叶丛中呼呼大睡,雌猴通常共居一巢,数量有时可以多达15只,雄猴则单独或者与配偶居住。小鼠狐猴主要以各种昆虫、蜥蜴、树蛙、小鸟及野果、树叶为食。它们的运动形式为四足型,经常用梳齿梳理毛发或者啃咬树皮,而且善于运用嗅觉和尿迹来传递信息。由于马达加斯加7～9月份为干燥季节,食物贫乏，它们便赶在雨季结束前大吃大嚼，并将摄入的脂肪贮存在尾根。在旱季利用代谢水来弥补体内的水分需要。一般来说，100克脂肪完全氧化可产生110克代谢水，凭着这点儿水分，鼠狐猴可以安然度过旱季。当它的尾根引人注目地肿胀肥大时，体重也相应增加了。

小鼠狐猴的妊娠期为59～62天，每年可发情2次，发情期通常持续45～55天，每次可以生产幼仔2个。小鼠狐猴产下的宝宝更小，刚出生时大小只相当于一粒花生，体重仅4克，出生后3天就能爬行，有时还能爬到人的大拇指上，所以有人称之为"拇指猴"。幼猴在一个半月后断奶，2个月后就可以独立生活，9个月时达到性成熟。

相互梳理的环尾狐猴

环尾狐猴则是惟一一种在白天活动的狐猴，而且是在地面上活动。它们的脚底有毛，所以在光滑的岩石上跳跃也不致滑倒。和其他狐猴一样，环尾狐猴也是群居动物，尤其喜欢打扮自己。它们每只脚的第二个脚趾有爪，专门用来挖耳朵。它们还常用下颌前面的牙齿来相互梳理皮毛。它们身上有三处臭腺，将分泌物作为路标和领地的记号，还可用作攻击的武器。对它们来说，尾巴不仅是群体内部的重要交流工具，同时也是擦掉手腕和肛腺部位异味分泌物的重要工具。

当夜色退去，旭日东升的时候，狐猴就会结束活动，藏身在枝头享受阳光。与此同时，鸟类的晨曲也刚刚奏响，许多鸟类都在晨光中离开鸟巢，准备外出捕食，这种有冠毛的褐翅鸦鹃看起来虽然有点儿像"小阿飞"，不过它照样也得出去寻找食物，养活自己。

对于褐翅鸦鹃这个名字，我们或许有些陌生，不过对于它的俗称"大毛鸡"，我们多少都会有所耳闻。在中国南方的广大地区，比如浙江、贵州、福建、云南、广东、广西和海南的山野都曾经是褐翅鸦鹃的天堂。同时，这里也世代流传

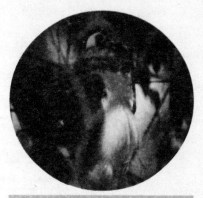

着一种酿酒工艺,所酿的酒专门用来治疗妇科疾病,这就是有名的"毛鸡酒",而褐翅鸦鹃就是这种酒的传统制酒原料。当然,耳闻还不足以构成一个轮廓,接下来我们就来看看它的庐山真面目。

褐翅鸦鹃属于鸟纲,鹃形目,杜鹃科,鸦鹃属。它属于一种中型鸟类,体长一般在40~52厘米之间,体重大约在250~390克之间。它的嘴部粗厚,颜色为黑色。它的眼部呈赤红色,通体的羽毛呈黑褐色,隐约杂有一些浅色横斑。它的头部、颈部和胸部的羽毛具有紫蓝色光泽,胸部、腹部、尾部逐渐转为绿色。两翅为栗褐色,肩部和肩部内侧为栗色,尾上覆羽和尾羽横斑显著。另外,它的尾羽呈长而宽的凸状。雌雄鸟类的羽色相似,没有太大差别。

褐翅鸦鹃通常栖息在低山丘陵和平原地区的林缘灌丛、稀树草坡、河谷灌丛、草丛以及芦苇丛中,有时也出现于靠近水源的村边灌木丛和竹林等地方,很少出现在开阔地带。它们平常喜欢独来独往,只有在繁殖季节才会成双成对地行动。褐翅鸦鹃极为机警,也非常善于隐蔽,不过和深山老林相比,耕作区边缘的灌木丛是它们更喜欢出没的场所。它们不善于飞行,平时大多在地面活动,喜欢在荆棘丛中自由跳跃,休息时也会停留在树枝上。它们通常都是跳跃取食,行动十分迅速,而且经常把尾部和翅膀展开成扇形,上下急扭。飞行时急扑双翅,尾羽张开,上下摆动。它的飞行速度不快,通常飞不多远又会降落在矮树上。它的叫声连续不断,从单调低沉到响亮,像是"嗷,嗷"声,好像远处的狗吠声,数里之外都能听见,尤以早晨和傍晚鸣叫频繁。

褐翅鸦鹃的食谱非常复杂,主要以毛虫、蝗虫、蚱蜢、象甲、蚁类和蜂类等昆虫为食,有时候也会吃蜈蚣、蟹、螺、蚯蚓、甲壳类、软体动物等无脊椎动物,以及蛇、蜥蜴、鼠类、鸟卵和雏鸟等,有时也吃一些杂草种子和果实等植物性食物。但是,在它的食物中,害虫和害兽所占的比例很大,因此又被誉为"农

外表美丽的褐翅鸦鹃

林卫士"。

每年3月的时候，雄性褐翅鸦鹃就开始求偶。它们的羽毛蓬松，两翅低垂，尾呈扇状展开，跳着盘旋的舞蹈，围绕和追逐雌鸟，同时也用鸣声来吸引雌鸟。这时的雌鸟也常鸣叫，叫声好像母鸡的"咯、咯"声。交尾以后，雌雄鸟就在草丛、灌木丛、芦苇、竹林以及攀缘植物等处营巢。鸟巢距离地面的高度为1～7米不等，主要由细枝、草茎、草叶等构成，有时只用其中的一种材料。巢的结构比较粗糙，而且外观非常奇特，呈球形，开口在鸟巢的侧面上方。孵卵的亲鸟的尾羽常常露在巢的外边。褐翅鸦鹃每窝可以产卵3～5枚，不过它们的卵非常特别，呈现为圆球形，颜色为白色，有时有淡黄色的光泽，但在孵化时很快消退。雄鸟和雌鸟轮流孵卵。雏鸟孵出后就可以在地上蹒跚而行，有危险时便钻入草丛躲藏，一周以后就可以离巢试飞。

毫无疑问，雨林的繁密茂盛离不开这些"农林卫士"的帮助，其实这里还有许多默默无闻的益鸟，鹡鸰就是这样一个无名小英雄。鹡鸰鸟属于雀形目鹡鸰科，俗名为"点水雀"、"小喜鹊"等，是一种常见的食虫益鸟。它们的体型纤小，全长不足20厘米。嘴形细长，嘴须比较发达，脚细长，后趾有长而下弯的爪，这一点儿和其他鸟类不同。它们上体呈灰褐色或者黄绿色，下体大都为白色、黄色。飞行路线呈上下起伏的波浪状，休息的时候尾巴习惯于上下或者左右摆动。它们是竞走运动员，善于在地面奔跑，但不是跳跃。

鹡鸰鸟几乎完全以昆虫为食，对林业和牧业来说非常有益。在繁殖季节，它们会在地上的石缝或者穴隙里建造巢穴。鹡鸰的分布非常广泛，在世界各地都可以看到它们的身影，共有5属48种，在中国主要有3属15种，最常见的种类是

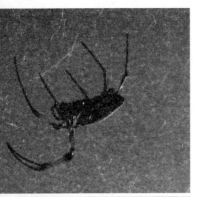

马达加斯加特有的蜘蛛

马达加斯加鹡鸰

白鹡鸰。

白鹡鸰又名白脸鹡鸰，也叫马兰花儿、白颤儿、濒翎、白面鸟和白颊鹡鸰等，在分类学上隶属于雀形目、鹡鸰科、鹡鸰属。身体全长在16～19厘米之间，体重17～24克。体色黑白相间，很容易识别。它的体背颜色为灰黑色，腹部除了胸口部位有黑斑外，其他都是纯白色，另外额部、头顶前部、头侧、颈侧也都为白色。翅、尾部位都是黑色，中间杂有白色。再详细的话，从头、背至尾上覆羽、肩羽、小覆羽

令人惊叹的马达加斯加若虫

黑色，中、大覆羽为白色，飞羽为黑褐色，外缘为白色。尾羽呈黑色，外侧两对白色。另外，虹膜为黑褐色，嘴和脚都是黑色。雌鸟的上体色较淡，杂以灰色，翅上白斑不显著。

白鹡鸰大都三五成群地外出活动，或者在空中捕食昆虫，或者在地上急走觅食。它的飞行速度比较快，呈长弧形的波浪式，向上飞的过程中鸣叫不已，声音尖锐，叫声好像"脊令、脊令"。停下休息时，它的尾部习惯于上下不停摆动，有时还边走边叫。它的食物几乎全都是昆虫，其中以双翅目、鞘翅目为主，有甲虫、米螽、蝇类、蝗虫和黏毛虫等，偶尔也吃杂草种子。

它喜欢在山区的溪边、河岸、草地、沼泽和田园附近栖息，巢穴大都建在靠水较近的洞穴、岩缝、墙壁和茅屋脊下。鸟巢为浅杯形，外边用枯草茎、枯叶和较粗的树根做成，里边有较细的根、枝，衬垫着兽毛。巢的外径为13厘米×17厘米，内径7厘米×8厘米，巢深3.5～5厘米。白鹡鸰的繁殖季节通常在3～7月，每窝产卵4～5枚，大小约为20.7毫米×15.4毫米。卵壳呈灰白色，上面覆盖有淡紫灰、黄褐或者黑褐色的斑纹。

白鹡鸰主要分布于欧洲、非洲北部、亚洲西部和中部、俄罗斯、印度、斯里兰卡、中南半岛、菲律宾和中国的大部分地区。

除了这种常见的白鹡鸰之外，我们或许还听到过灰鹡鸰和黄鹡鸰，你知道

它们之间的区别吗？会不会只是颜色的差异呢？我们接下来继续探索鹡鸰家族的这几位成员。

灰鹡鸰属于中等体型，体长在19厘米左右，尾部较长，体色为偏灰色。它的腰部为黄绿色，下体黄。它和黄鹡鸰的区别就在于它的上背为灰色，飞行的时候白色的翼斑和黄色的腰非常明显。成鸟的下体黄色，亚成鸟的体色偏白。它的虹膜为褐色，嘴为黑褐色，脚是粉灰色。雄鸟上体灰褐色，下体黄色。它的眉纹为白色，喉部夏季为黑色，冬季为黄色。

灰鹡鸰的分布范围也比较广泛，繁殖于欧洲至西伯利亚以及阿拉斯加，南迁到非洲、印度、东南亚、菲律宾、印度尼西亚至新几内亚及澳大利亚。它们喜欢在多岩的溪流地区活动，在潮湿的砾石或沙地中觅食，有时也会到最高山脉的高山草甸上活动。

黄鹡鸰的体长在18厘米左右，体色呈现为橄榄色。它和灰鹡鸰非常相似，只不过背部呈现为橄榄绿色或者橄榄褐色，而不像灰鹡鸰那样呈现为灰色。另外，灰鹡鸰的尾巴较长，而黄鹡鸰恰恰相反，它的尾巴较短，飞行时也没有白色翼纹或黄色腰。黄鹡鸰喜欢在稻田、沼泽边缘和草地栖息，平时喜欢结成大群活动。

享受美食的脉管鹦鹉

毫无疑问，在热带雨林，无论是黄鹡鸰、白鹡鸰，还是灰鹡鸰，它们都会找到充足的食物。不过，从另一个角度来说，其他一些生命却只能小心翼翼地生存，比如独角仙和著名的伪装大师——竹节虫。

说到独角仙，千万别误解，它可不是什么庞然大物，也没有令人匪夷所思的仙术。不过，日本人十分崇拜独角仙，更以独角仙的头部形状设计制作了日本武士的头盔。另外，你知道吗？独角仙还号称是"甲虫之王"，这也绝非浪得虚名，因为独角仙的体型雄壮威武，体积巨大而且力大无穷,在甲虫世界里,要找出一个能和它相匹敌的对手确实还不容易。

独角仙又称双叉犀金龟,是鞘翅目双叉犀金龟科的大甲虫。如果不包括犄角,它的体长就已经有35～60毫米,体宽为18～38毫米,呈长椭圆形,脊面隆拱。体色为栗褐到深棕褐色,头部较小。触角有10节,其中鳃片部分由3节组成。独角仙的雌雄体型不同,差别很大:雄虫的头顶生有一端双分叉的角突,前胸背板中央生一端分叉的角突,背面比

马达加斯加特有的独角仙

较滑亮。雌虫的体型相对较小,头部和胸部上都没有角突,但头面中央隆起,横列小突3个,前胸背板前部中央有一丁字形凹沟,背面较为粗暗,三对长足强大有力,末端均有利爪1对,是利于爬攀的有力工具。

独角仙一年只繁殖一代。当雌雄独角仙交尾后不久,雌独角仙便开始寻找适合产卵的地点。它们通常将卵产在富含有机质的腐殖叶木屑中,有时在大根朽木下的土壤中也能发现许多独角仙的卵及幼虫,而木头不论软硬也常被幼虫强而有力的大颚啃食出一道道的食痕。刚产下的卵为乳白色椭圆形,而后渐渐变大变圆。大约7～10天,卵孵化为幼虫,这也是我们俗称的"鸡母虫",专业术语则称为"蛴螬"。幼虫刚孵化时要等大颚变得足够坚硬之后才能开始进食。它一般是先吃自己的卵壳,然后取食周围的腐殖质。幼虫一般为C形卷曲,腹部有9对气孔,身体较大,约有鸡蛋大小,颜色为乳白色。幼虫期长达10个月。终龄幼虫可以通过腹部是否具有两个黄色的卵巢来分辨雌雄。成虫通常在每年的6～8月出现。蜕去蛹壳后的独角仙,翅鞘与腹部接近白色,其他部分也是较浅偏红的褐色,此时的外骨骼柔软而且脆弱,需要经过一段时间,外骨骼颜色才会加深变硬。刚羽化的独角仙不会马上钻出土表活动,而会在蛹室继续停留很长一段时间。

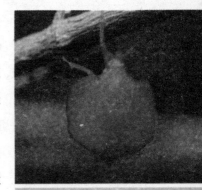

色彩艳丽的成年若虫

独角仙成虫多为夜出昼伏，有一定的趋光性，主要以树木伤口处的汁液或熟透的水果为食，对作物林木基本不造成危害。

独角仙除了可用来观赏外，它的幼虫和成虫还可以入药治疗疾病，一般入药者都为雄虫，夏季捕捉，用开水烫死后晾干或烘干备用。独角仙有镇惊、破瘀、止痛、攻毒及通便等功效。1976年，有人从独角仙中提取到独角仙素，据说这具有一定的抗癌作用，对实体癌瘤有很高的活性，对淋巴白血癌有边缘活性，这已经引起了各国医学界的重视。

独角仙是甲虫世界中的"大哥大"，而且它的危害并不大，不过它显得非常谨慎。相比之下，竹叶虫似乎有所依仗，因此活动起来也肆无忌惮，成为臭名昭著的害虫。尤其到了繁殖季节会毁掉大批树木，所以人们把它们叫做"森林魔鬼"。它们的秘密武器是什么呢？它们的生存法宝又是什么呢？

伪装极好的竹节虫

竹叶虫属昆虫纲、竹节虫目，是昆虫中身体最为修长的种类，成虫体长一般为10厘米，最长可达50厘米。因为它们常常附身于竹枝上，身体颜色、形态和竹枝难以分辨，拟态本领十分高超，几乎能够以假乱真，所以名为竹节虫。

竹节虫的英文名字意为"会走路的拐棍"。它的种类很多，体色各异，多为绿色或暗棕色。它的头部很小，前端有一对丝状触角，口器为咀嚼式，复眼小，单眼为2～3个或者没有。它的身体和腹部细如竹节，前胸短，中、后胸较长，第一腹节与后胸合并。前翅变为革质，很短，称为覆翅；后翅为膜质，层叠于覆翅之下，飞翔时展开。部分种类的翅已完全退化，但后肢发达，善于跳跃。它的体长通常在10～130毫米之间，最长的种类体长可以达到330毫米。雌雄异型，体型竹节状者，雌虫多短翅或无翅，雄虫则反之；而体型如竹叶状者却相反，雌虫覆翅发达，成叶片状，后翅退化，雄虫前翅退

化，后翅发达。它的足细长或扁宽，跗节5节，少数3或4节。另一些种类的体型宽阔似叶，叫叶虫。它们都喜欢生活在植物上，白天静伏不动，晚间活动取食。

竹节虫是不完全变态昆虫，刚孵出的幼虫和成虫很相似。幼虫经过蛹期阶段，几次蜕皮后变成成虫。成虫的寿命很短，大约只有3～6个月，于8月下旬产卵后死亡。竹节虫为两性生殖，但也常有孤雌生殖的。在进行两性生殖时，雌雄交尾不是雄上雌下，而是雌雄尾部相接，头的方向相反，很像延长的竹枝。一只雌性竹节虫一生可产400～700粒卵，卵呈长圆形，卵外包被有坚硬的鞘囊保护，其孵化期较长，约为两年之久。

在对付敌人方面，竹节虫也有自己的一套本领。它的胸腹部有两个特殊的腺体，在遇到敌害时可以释放出毒液。另外，它的足尖部位也长有又硬又尖的尖刺儿，因而使得很多动物对它都敬而远之。其实，竹节虫的护身符还不只这些，它本身的体型颜色也是最好的保护伞。变色并不是变色龙的专利，竹节虫的体色也可以随着环境的变化而改变。它体内的色素可以因光线、温度、湿度不同而发生变化，由绿色、棕色变为其他颜色。当温度与湿度下降时，它的体色变暗；温度较高，空气干燥时，竹节虫则变为灰白色。

体型小巧的枯叶变色龙

另外，由于大多数竹节虫没有翅膀。有翅膀的那些竹节虫当中，有的翅膀色彩非常亮丽。当它受到侵犯飞起时，突然闪动的彩光会迷惑敌人。这种彩光只是一闪而过，当竹叶虫着地，收起翅膀时，它就突然消失了。这被称为"闪色法"，是许多昆虫逃跑时使用的一种方法。除了这些，装死也是竹节虫的本领之一，在遇到突发情况或受到惊吓

| 体型较小的翠鸟 | 巨型蜥蜴在捕猎 |

时，它会立即坠落在草丛中，以假死来逃避灾难。

竹节虫的种类繁多，分布广泛。到目前为止，世界上已知的竹叶虫大约有2 500种，都是植食性种类，而且大多数种类都分布在热带潮湿地区，但是在干燥和温带地区也有发现。它们主要栖息于高山、密林和生境复杂的环境中，主要以叶子为食。成虫也能越冬，多不能或不善飞翔。

停留在地面上的凤蝶

马达加斯加拥有广阔的自然栖息地，还有高地、海岸地带和热带雨林。但是，随着岁月的变迁，人类的活动开始渐渐打破这片热带雨林的宁静，所有的动植物也都无一例外地经受了沧桑巨变。它们的未来令人担忧，而直接决定它们生死的很可能就是我们人类自己。